CB069583

Fátima Fez os Pés para
Mostrar na Choperia

Marcelo Mirisola

Fátima Fez os Pés para Mostrar na Choperia

Prefácio de Maria Rita Kehl

2ª edição

Estação Liberdade

© *Copyright* Marcelo Mirisola, 1998, 2006

Preparação e revisão Fred Navarro e Angel Bojadsen
Composição Antonio Kehl
Capa Natanael Longo de Oliveira
Editores Angel Bojadsen e Edilberto Fernando Verza

CIP-BRASIL. Catalogação-na-fonte
SINDICATO NACIONAL DOS EDITORES DE LIVROS, RJ.

M651f
2.ed.

Mirisola Marcelo
 Fátima fez os pés para mostrar na choperia / Marcelo Mirisola; prefácio de Maria Rita Kehl. — 2.ed. — São Paulo : Estação Liberdade, 2006
 144p.

 ISBN-10   85-7448-119-X
 ISBN-13   978-85-7448-119-7

 1. Conto brasileiro. I. Título.

06-2850   CDD-869.93
                                        CDU 821.134.3(81)-3

Todos os direitos reservados à

Editora Estação Liberdade Ltda.
Rua Dona Elisa, 116 01155-030 São Paulo-SP
Tel.: (11) 3661 2881   Fax: (11) 3825 4239
editora@estacaoliberdade.com.br
www.estacaoliberdade.com.br

Sumário

- 9   Faz dezessete anos
- 11   Prefácio
- 21   Quem Disse que Resisti 30 Anos?
- 24   Pequena História de Desolação e de Amizade
- 26   doencinha
- 29   Fátima Fez os Pés para Mostrar na Choperia
- 33   Carta de Amor
- 36   "Come Fa Un'Onda"
- 39   A Felicidade. A Esfiha.
- 41   Adeus Rua Butantã!
- 49   Mahārāja Kēsava e os Fanáticos do Santinho
- 54   Qual o Mal de a Mina?
- 58   Quero Lelé Feliz
- 62   Minha Querida Luciana,
- 68   Edifício Maria Luiza
- 74   Longe da Terra
- 81   Henry e Ele: Sobre o que Falavam em Janeiro de 1972?
- 87   Mas um Cara Doce Como Eu?
- 91   taradinho (parte dois)
- 98   Relato de uma Breve História de Sacanagem

100 O Perfil do Consumidor
104 Ela e o Presidente. Nós Dois de Mãos Dadas.
111 João Day
114 Contabilidade
116 Parque Sideral
122 Cavar Buracos
125 Prurido
130 A Boa Sombra: de Ana
132 Ela me Disse: "João!"
135 Quem é Wadih Jorge Wadih?
140 Para Sam Shepard
141 Posfácio para Walt Whitman Desconhecido

Faz dezessete anos

Tenho saudades do garoto de vinte e dois, vinte e três e vinte e quatro anos que escreveu esse livro. Um pouco de pena também. Só um pouco. O garoto pedia por mim... e sabia o que ia encontrar. Não é o caso de dizer que eu não estava preparado para ele. O problema é que cumpri todas as expectativas desse moleque metido a besta e, hoje, aos quarenta, me sinto um fracassado.

Quero dizer o seguinte: é como se a arte tivesse esmagado a vida.

Sou um fiasco pessoal e um escritor de talento (parcialmente) reconhecido. Isto é, continuo sozinho e destoado, a garota de olhos tristes e amendoados do conto "Minha Querida Luciana" ainda não encontrou o pai. Apenas a escrevi. Eis a maior prova do meu fracasso. Talvez por isso não perdôo Machado de Assis e o legado boboca do seu fantasminha Brás Cubas. Talvez por isso – depois de seis livros – eu ainda tenha a companhia da menina triste e do garoto genial, e ainda guarde uma esperança tonta de encontrá-los no mesmo lugar... e de dizer adeus a ambos.

Marcelo Mirisola

Prefácio

Eu não fui apresentada ao escritor Marcelo Mirisola, nem a seus escritos. Eu topei com o maço de contos escritos a máquina, dentro de um envelope marrom, que ele havia mandado para o articulista Marcelo Coelho, com que eu estava casada na época, pedindo uma opinião. Marcelo estava ocupado, sem tempo e eu, xereta, pedi para espiar. Contos, pensei. Que coisa mais anos setenta. Comecei ao acaso: *Edifício Maria Luíza*: "A arquitetura dos anos cinqüenta, uma bola de flocos, e começo dos sessenta, outra de pistache, depois de quarenta anos – definitivamente, é uma foda impraticável". Fui até o fim, sem entender direito o que estava acontecendo: "Mamãe jamais me daria uma chance. Outra vez: Mamãe jamais me daria uma chance. Até acordar de tardezinha. Deus! Meu Deus! De que chance eu duvidei?"

Aí eu parei pra respirar. Há muito tempo – desde que li Roddy Doyle[1], em 1995 – eu não era surpreendida por um escritor *muito* bom. Continuei lendo, e só me ocorriam avaliações banais, chavões desses onde o leitor se diz sob o impacto de um novo escritor. Literatura. Uma voz forte. Uma liberdade impressionante. Não se parece com ninguém, não é "nova geração", não tem truques para "prender o

---

1. O irlandês Roddy Doyle teve seu romance *Paddy Clarke Ha Ha Ha* publicado no Brasil pela Editora Estação Liberdade em 1995.

leitor", crimes, suspense, ação, sexo. Por outro lado, só trata disso. De crimes e sexo. Só que nada acontece. Como pode?

Mais tarde, quando arranjou tempo, Marcelo (Coelho) também leu e concordou comigo: os contos que tínhamos nas mãos dariam um livro muito bom. Só que as razões dele devem ser diferentes das minhas e eu, que me sinto envaidecida por ter "descoberto" Marcelo Mirisola, há meses venho tentando entender o que foi que eu gostei tanto, como é que ele escreve, o que é que ele faz? – de maneira a poder orgulhosamente apresentá-lo aos leitores, no prefácio de seu primeiro livro.

Pensei que talvez ele escreva um pouco como Dalton Trevisan: a dicção proletária, o cenário de "cidade baixa", um certo gosto pelas putas, pelas guimbas de cigarro sujas de batom, pelos botecos – será? Mas não. O narrador em Dalton Trevisan é um puro enunciado, ele desaparece em função das vozes dos personagens para que esses se desenhem nítidos, em poucos traços, como numa caricatura – e vivam sua pequena cena, para depois desaparecer. Não. O cenário de Mirisola pode até se parecer um pouco com o do curitibano, mas não é este o parentesco literário que vai me ajudar aqui.

Primeiro: o narrador, nos contos de Mirisola, é o puro sujeito da enunciação; uma voz subjetiva que se enuncia colada a seu desejo. Isto é o que Leda Tenório da Motta escreve a respeito de Céline[2]: "...escritura que tem o dom de captar a energia da voz, praticando a gíria, o jargão de periferia (...), língua enervada, chula, insultuosa, exclamativa, sem ser popular ainda assim, pois, ao contrário, é essencialmente fabricada, essencialmente poética. Essa língua dúbia, que postula ser diretamente emoção quando é trabalho de estilo; pura voz, quando é escritura". É possível, sim, se pensar num parentesco

---

2. Ver Leda Tenório da Motta, "Céline", em: *Lições de Literatura Francesa*. Rio de Janeiro: Imago, 1997, pp. 151-159.

com a voz proletária e o estilo único de Céline, mas não fiquei satisfeita com a analogia mesmo depois de descobrir numa página de Mirisola, ao acaso, a menção ao "Louis Ferdinand".

O narrador de Marcelo Mirisola tem o talento para o insulto e a força da voz do narrador celiniano, mas se não me falha a memória o texto de Céline é ainda mais duro, faltam-lhe os rápidos instantes de enternecimento deste, "como mar de filme – longe, branco-e-preto-e-apaixonados" (*Come Fa Un'Onda*), faltam-lhe os mergulhos também rapidíssimos no contentamento, "Durou uns poucos minutos. Quando eu procurava esfihas." (*A Felicidade. A Esfiha*) ou, o que é mais raro, em se tratando de escritores malditos, falta a Céline uma certa bobeira de esperança, que às vezes o personagem-narrador de Mirisola se permite para quebrar o rumo da prosa: "então... um dia a Lelé vai se dar conta da merda de felicidade que teve ao seu lado e voltará para mim. Virgenzinha, como ela é." (*Quero Lelé Feliz*). Um Céline mais moleque, um pouco menos raivoso, gostando muito de sexo mas sabendo o tempo todo o quanto é impossível gozar e, portanto, escrevendo, escrevendo como um tarado, em nome *disto* que não se pode alcançar – bem, um Céline destes deve ser mais próximo de Henry Miller. Será?

Desisti logo também desta comparação, pois o narrador em Miller acredita em si mesmo e acredita em seu gozo – além disso, está muito à vontade no mundo, sem levá-lo exatamente a sério. Bem ao contrário, o narrador em Mirisola nunca está à vontade: "Eu lhe digo que não me sinto à vontade diante de um copo de uísque. Eu não me sinto à vontade para deixar a barba crescer. Eu não me sinto à vontade participando daquela conversinha 'desencanada' depois da foda." (*doencinha*). Ele tem a compulsão flaubertiana de varrer toda a estupidez do mundo, todas as "idéias feitas", todo pensamento pronto, todo clichê, como se depois, só depois, uma estória pudesse ser contada. Assim, nos contos de Mirisola, nenhuma estória nunca é contada como se espera: logo de cara o narrador tropeça na estupidez de algum personagem e passa a investir contra ele/ela, até o fim: "Mais tarde iremos para casa deles, 'Condomínio Grand Royale Meia Calabreza, Meia Muzzarela'. TV. Fátima Bernardes. A classe média vestida de 'taierzinho'. Que dá tesão. Dá vontade de abrir um 'negócio próprio'. Que dá vontade de dar dois tiros na garganta. De comer a mãe. De fazer trinta e um anos em 1997." (*Fátima Fez os Pés para Mostrar na Choperia*).

Não vá pensar o leitor que ficaremos no terreno pentelho da "literatura crítica" que se espalhou pelo Brasil na obra dos contistas dos anos setenta, onde o escritor fala sempre a partir de uma espécie de lugar nenhum, um lugar que é de simples "denúncia", convidando o leitor a uma cumplicidade esperta "contra o que está aí". A literatura de Mirisola não é "crítica", é exasperada. Se nenhuma estória se conta, embora muitas comecem a ser contadas, é porque o narrador, sujeito da enunciação, tropeça o tempo todo na verdade irredutível de seu desejo, sua "doencinha" ("que é a doencinha, que é o meu amor, que é a doencinha, que é o meu amor..."), e engasga de fúria diante da facilidade com que os outros, "os tais sãos", abrem mão dela para "viver uma vidinha de armarinhos".

Mas se não for pra viver uma vidinha de armarinhos, de unhas pintadas, de corretores de seguros e "negócios próprios", como é que o narrador-personagem de Marcelo Mirisola (que é sempre o mesmo em todos os contos e às vezes se assina também – Marcelo) está propondo que se viva, ou que se escreva? É simples, "que nem cachorro, sabe? Sem frescuras do tipo 'Bom dia, como está?' Cheirando logo o cu da rapaziada. Se Michelangelo, pra falar de um cara que todo mundo conhece, vivesse hoje e pudesse escolher, cheirava o cu da rapaziada e vice-versa. Au, au e estamos conversados. Depois ele iria cuidar de Davi e de Moisés..." (*Qual o Mal de a Mina?*). Então é isso: cu e arte, au au, estamos conversados? A urgência do desejo, as maravilhas da sublimação, e o resto – deixa pra lá. Pois é dessas coisas que as desestórias de Marcelo Mirisola tratam: "Eu falo do ponto de vista das coisas que não existiriam se não caminhássemos de mãos dadas. De mãos dadas é que eu falo. Do ponto de vista de quem acredita em marisco macho e marisco fêmea. Das coisas que eu repito. Quem disse que não? Quem disse que não nos amamos?" (*Carta de Amor*).

Sua filiação, que estou tentando encontrar, pode ser Dalton Trevisan ou Henry Miller, pode ser Flaubert ou Céline. Não seria totalmente incorreto se acrescentássemos à mistura um pouco dos poetas da geração *beat*, pela capacidade de entrar em sintonia fina com o cotidiano miúdo da classe média e produzir lirismo a partir do lixo urbano (da Baixada Santista, não da Califórnia ou de Nova York). Pode-se pensar também em João Antonio, mas só de longe, já que Mirisola não mistifica o submundo e a marginália (a mim, parece que não mistifica nada) e em Nelson Rodrigues, de quem herdou o faro apurado para as pequenas taras e a consciência da falta de sentido da vida que se tenta levar longe delas. Penso por fim na escritura insultuosa de Marilene Felinto e na facilidade com que também nessa autora os narradores, geralmente personagens falando na primeira pessoa, passam da fúria ao enternecimento, da denúncia para a confissão.

Não chego a conclusão nenhuma. Deixo o texto ao leitor, sem saber se consegui explicar, ou entender, por que gostei tanto de ler Marcelo Mirisola. Pois se eu pudesse escrever como ele, eu também me despediria assim (*Minha Querida Luciana,*):

"Luciana,

Eu ainda penso que podemos ser felizes. Sem amor, minha querida. Sem amor e com o dinheiro do sacana do seu pai.

Um beijo,

do Marcelo".

Maria Rita Kehl

Para
Pascoal Strifezzi, meu avô.

"... quer o mundo vá despedaçar-se ou não, quer você esteja do lado dos anjos ou do próprio diabo, tome a vida pelo que ela é, divirta-se, espalhe alegria e confusão."

Henry Miller

Eu vou falar de uma combinação. Todo aleijado *tem* um passarinho. Aleijado e passarinho. Ele tem um azulão. Eu não sei porque o pássaro voltou a cantar. Acontecia de todo final de tarde ele cuidar do azulão (todo final de tarde era preto-e-branco).

De uns anos para cá, acho que oito anos, nunca mais o vi trocando a água ou limpando a gaiola. Não dá para ver o azulão do meu terraço. De uns anos para cá o azulão voltou a cantar. Mas Quem Disse?

Quem Disse que Resisti 30 Anos?

Um dia depois do outro é mais do que uma indecência. É um Monte Fuji (pela neve e claridade também indecentes). Dois galões antes do salto: e, na interposição entre um dia e outro, mais ou menos dez anos sobre mim. Um dia depois do outro é uma tripudiação. Quem disse que amanhã vai ser diferente?

Amanhã, por exemplo. Amanhã vou dar um fim nos pés de mamona. Amanhã mesmo vou comprar uma televisão e um forno de microondas (a minha ambição são as pipocas amanteigadas). Vou contratar uma empregadinha. Amanhã mesmo vou atear fogo nesta minha bela casa de praia com vista para o mar. Amanhã é o meu dia de ser feliz. Amanhã não vai ser diferente.

Resistir não é Resistir.

É sobretudo não ter ninguém. Mijar na pia. Dormir sobressaltado e ter pesadelos mesquinhos. Resistir é um dia inteiro de esquecimento. Um cachorro. Um cachorro, não. Resistir não é ser impetuoso e não é ser covarde. Resistir não é resistir. É saber que de noite alguma coisa vai se perder. Os cogumelos crescem nestas noites em que as coisas se perdem (esta noite um cogumelo brotou dos meus tímpanos). Assim é resistir onde tem poeira. Às quartas-feiras costumo ligar para os meus orientadores. E eles querem saber do movimento das marés – o que também faz parte da resistência.

Mas quem são eles?

Em contrapartida meu vizinho paralítico dá piruetas em sua cadeira de rodas. Tive trinta anos para fazer amizade com ele. Eu lamento, ao longo destes trinta anos, não ter conseguido. Com a surfistada nem pensar, eu considero uma aproximação irrealizável. Eu gosto de imaginá-lo girando sobre os eixos (imaginários, todavia), ele na cadeira de rodas e eu na mesma cena, apoiado meio que distraído no parapeito – do ponto de vista de quem olha do meu terraço uso uma camisa salmão de mangas compridas – dando as costas para o mar e facilitando as coisas para ele, evidentemente. Pôr-do-Sol / Eu jogo com as pretas.

Agora é a vez dele. Admito ter sacrificado uma torre em vão (depois de trinta anos).

De modo que resisto.

Não se trata especialmente do meu interesse por aleijados. Talvez alguma afinidade em papel celofane com o dia seguinte, eu não falo exatamente (do meu Fellini em "sonho de valsa"...), trata-se menos de uma cena estilizada e mais do aleijado estilizado que afinal ele é ¬ daí que num arroubo canalha e sobre-humano ele movimenta o bispo (como se *ele* pudesse levantar daquela maldita cadeira de rodas) para ameaçar meu Rei!

Não é um jogo de sombras. Não é pôr-do-sol.

Deixa pra lá. Ou resistir não é resistir.

Os mortos mexem as unhas (é por isso que elas crescem), elas, as unhas, crescem de felicidade. Quem está vivo não sabe o que é a felicidade das unhas. Eu não sei do próximo instante. Mas sei da minha retórica.

Ou estarei chafurdando no inconsciente? Outra vez?

Pois acabo de me transformar num tubarão adolescente e, dentro de poucos anos, minhas barbatanas estarão valendo um bom dinheiro no mercado negro. Chang, o chinês da auto-elétrica, disse que sim. Creio que daqui pra frente vou ficar mais carnívoro. Uma prova: eu havia prometido para mim mesmo, à moda dos índios charruas, que jamais escreveria a palavra "fluidez". Aí está: fluidez, cooptação, fluidez e cooptação. É porque eu sou um tubarão. Eu acho que sim. Chang me garantiu.

Em se resistindo...

Aqui vão algumas anotações: ter band-aid em casa é importante por motivos sentimentais. Sabonete eu gasto um por semana. Desodorante sem álcool. Óleo para lubrificar minhas barbatanas. Uma lista de livros não lidos. Nabokov também cansa. Mil vezes os autores americanos aos brasileiros (com as exceções de Márcia Denser e Raduan Nassar, é claro). Um cachorro. Um cachorro, não.

O que mais? Vejamos.

Um plano de fuga. De sumir daqui. Amanhã mesmo, antes de completar trinta e um anos, antes de o fogo consumir esta minha bela casa de praia com vista para o mar.

Pequena História de Desolação e de Amizade

Hoje, dada a gravidade do acontecido, não posso dizer que "aprendi" com o sofrimento. Ou melhor, a compreensão das coisas não pode trazê-lo de volta – nem seria preciso dizer (minha compreensão!). Saudades do amigo.

Eu, recém-chegado, não entendia o porquê da praia e das manhãs ensolaradas. Vindo de um lugar em que me ocupava, sobretudo às quartas e quintas-feiras, dos dias chuvosos e da correspondência atrasada. Que dia foi? Do mês de março. Eu não me arriscaria dizer quarta-feira do mês de março. Vale que o mar se absteve quando A., pronto a servir, ofereceu-me "dicas e conselhos". Suponho que ele poderia explicar o motivo pelo qual as garotas argentinas se recusavam a dar uma trepadinha com os rapazes brasileiros. "Alquilava sombrillas y naturaleza". Suponho que ele também entendia o que se passava comigo. À sua maneira fazia-me crer na praia e nas manhãs ensolaradas. Eu dizia: "freqüentamos, meu rapaz." Mentíamos prazerosamente um para o outro. Seu desempenho de vendedor de churros me divertia. Ah! Se ele soubesse outros meios de enganar! Quer dizer, fiquei na minha. Na base da má-fé. O jogo estava me favorecendo. Todavia o cara foi mais rápido ao trocar churros por pequenas mentiras. Ele devia estar pensando a mesma coisa. Quem oferecia o quê e para quem? Churros e mentiras, outra vez. Outra vez, digamos. Depois disse que a praia dos argentinos era aquilo o que se via; que o mar, para ele, era imóvel e desfalecido de barulho qualquer. De vez em quando cogitávamos da "Heróica" de Beethoven e ríamos dos gringos.

Bem, os turistas se foram.

A. não mais vendia churros. Tampouco alugava guarda-sóis. A cada dia desacreditávamos da música e dos movimentos do mar. Aos poucos, com a chegada do inverno, a praia foi perdendo a cor. Ateamos fogo no carrinho de churros, no mar e em nós mesmos. Queríamos uma resposta. A música e o movimento que desejávamos. Ao anoitecer o carrinho de churros queimava. O mar, também. Antonioni, Michelangelo (travelling). Não música. Cinzas ou areia? Foi quando faltou o céu sob os nossos pés. Estávamos nos afogando lá em cima. Eu possuía toda a extensão do céu. Não ouvia absolutamente nada. Por algum tempo acreditei que houvesse perdido A. Quem era A.? E que se por milagre existira... talvez eu devesse reproduzir a primeira letra do seu nome.

Qual nome?

Que na frenética criação eu havia falhado. Que tendo o alfabeto à disposição poderia tê-lo chamado Sol. Poderíamos ter feito música juntos. Droga! Por que não? Eu contava somente com uma única letra e jamais o encontraria chamando-o de "A." Então eu pude ouvir: "SOL!" Chamá-lo Sol. Chamá-lo várias vezes. Por alguns anos tentamos nos comunicar. Logo no início, nas primeiras tentativas, eu não conseguia saber ao certo se era a voz dele ou a minha voz que arrebentava como as ondas do mar faziam na época que existiam conosco. Quando não ouvíamos e não entendíamos o movimento das marés.

doencinha

Hoje eu pus fogo numa cobra e dei-lhe um nó cego fodido. Para o inferno as sutilezas. As elevações da alma e os 'haikais' das donas de casa curitibanas. Tô com o saco cheio da estrutura da bolha de sabão e das delicadezas do golpe de vista.

Percebe como minha alma é pequena? Consegui o seu endereço na surdina, feito coisa miúda, feito unha comida. Agora vou descobrir seu telefone e ligar para você de madrugada. Sabe quem eu sou? Eu lhe digo que não me sinto à vontade diante de um copo de uísque – quer dizer, uma dose dupla pra mim. Eu não me sinto à vontade para deixar a barba crescer. Quer dizer, um desejo fodido da verdade. Eu não me sinto à vontade participando daquela conversinha 'desencanada' depois da foda. Alguns entraves, estes sim, me deixam muito à vontade, quero que me entenda. Um bigode aparado, por exemplo. É uma coisa que me deixa à vontade. Uma conversinha 'desencanada' depois da foda, é legal. Dos entraves, não é? Do que eu falo. Do quê? Sem nenhuma sutileza. Percebe como minha alma é pequena. É assim... de um minuto para o outro posso escrever o livro perfeito. E odiar você.

Hoje eu pus fogo numa cobra e dei-lhe um nó cego fodido para sempre. Como de um minuto para o outro posso esquecer o que escrevi... E continuar odiando você do mesmo jeito. Ai, ai. Por que você não me ajuda?

Agora! Agora! Eu sei de algumas coisas sobre você... Mas tem que ser agora! O objeto do meu ódio...(?) do meu ódio...(?) Fez lembrar Caio Fernando Abreu (?)... isso o que escrevi, assim de chofre. Quem é você? Consegui o seu endereço na surdina, feito coisa miúda, feito unha comida. Agora que já sei onde você mora, vou descobrir seu telefone. Ah, eu ligo e não falo nada... ereção, tô maluquinho de coração, o que me fez... o quê? Isso o que escrevi, assim outra vez. Para mim você é gorda e descuidada, tem o quadril largo e ainda não conseguiu viver o papel da noivinha bem encaminhada... Lembra de mim? Eia! Thabuf! Thabaf! Assim, assim bem doentinho.

Na frente do seu apartamento tem uma banca de jornais daquelas que vendem de tudo. Você compra chicletes e cigarros. Você mora no quinto andar! Apartamento 55, não é? Agora eu já sei! Azar seu. Sorte sua.

– Que é amiguinha do jornaleiro. Você é assim, assim.

Só para falar da minha doencinha, doencinha. Eu a conheci em 86 e logo me apaixonei... até hoje. Assim do meu feitio, que eu digo, assim. Vixe! Deixa eu me esconder... é superlegal que hoje é feriadão e chove pra cacetemente. A cidade está vazia. Eu aqui, escondidinho. As avenidas de São Paulo Não São Literárias. 'Que nem' nenhum pensamento, é bom que se conheça a cidade. Assim, assim até pra lá da ponte. Depois de todo esse tempo você jamais irá suspeitar de mim, que sou eu, taradinho, aqui. É daqui, de onde eu moro. Que eu ligo pra você. Disque isso. Disque aquilo. Você já ligou para o "Disque Agito"? A doencinha, a doencinha.

– Ou a mocinha do "Auxílio à Lista".

O que será que acontece?

– Alô, Caldeira & Associados?

É que eu tenho a voz fininha e é que eu engrosso a voz para perguntar: "Caldeira & Associados?"... de vez em quando, para bisbilhotar e deixar os outros malucos. Ah, eu quero mesmo é dar uma esculhambada nesses tipos desocupados. É muito certo dar uma esculhambada. Mas ninguém liga pra mim. Coisa miúda. Unha comida, coisa do chão. Bem, eu engrosso a voz, é assim. Até ninguém saber lá do outro lado... e aos poucos ir diminuindo, diminuindo até ninguém saber... quando você atender (eu já tinha avisado, né?)... sou eu que estou do lado de cá. Fazendo 'Baiku' só para sacanear, diminuindo até explodir essa coisa miúda dentro de você que é a doencinha, que é o meu amor, que é a doencinha, que é o meu amor.

Fátima Fez os Pés para Mostrar na Choperia

Conheci Maria de Fátima. Descasada, mãe do gordinho de doze anos, quando se tem doze anos, as mães chamam-se Maria de Fátima. Os filhos têm doze anos e são gordinhos. É por aí que as coisas acontecem. Eu ficava no quarto dos meninos. Beliches Lembram Pastéis Fritos Em Óleo Vagabundo. Vovó garantia que mamãe não prestava. Aos doze anos a gente chora pra valer. Mamãe se bronzeava à base de cenoura e tinha uma amiga chamada Thaís. Gostavam da praia e de Dancing Days. Vovó garantia que as duas não prestavam. Uau! A velha sabia bater! Foi o que me ocorreu quando joguei bosta nas esperanças do garoto. O nome dele é Rodrigo, filho único. Provei que o canivete suíço, presente do pai, não passava de uma impostura comprada no Largo da Batata. Do pai que tem uma ótica em Jundiaí. Noventa por cento do que as avós falam é verdade. Foi o cálculo que eu fiz no meu aniversário de doze anos. Ganhei um "Banco Imobiliário". As avenidas Paulista e Europa. Ganhei a Vieira Souto, a Central do Brasil e o Palácio Monroe e, culpa dos dados, a perfídia dos outros garotos. O filho da Thaís usava pulseira em 1978. À época os garotos surfistas gozavam de prestígio e vestiam camisas Hang-Ten. Eu, naturalmente, me abstivera em favor da inveja e de pequenas taras e, sem querer abusar dos trocadilhos, usava camisa esporte em fina malha fantasia e sandálias franciscanas. Fátima

Fez os Pés para Mostrar na Choperia. Sempre que lhe convinha, isto é, antes de retocar a maquiagem, repetia para o garoto: "O Pai, aquele Filho da Puta." Thaís nunca teve leite e eu creio que era mais cafajeste – mulher cafajeste, é isso aí! – e demolidora do que Fátima. Especialmente quando falava "Filho da Puta". Ouvia-se muito. As duas amigas. Os filhos na mesma escola. Verão. "A gente acorda tarde. Almoça e janta de uma só vez." Saladinha, o prato das duas. Dois chopinhos bem tirados, evidentemente. "Mas tem as crianças, né?" Os peitinhos da Thaís denotavam autoridade. Segunda quinzena de janeiro era dela. O apartamento no Guarujá. Rodrigo havia tomado umas injeções de hormônio constrangedoras. E o filho da Thaís não precisava. Elas enchiam a boca de erudição e de esperma quando falavam no "doutor Sayeg". Sei lá. O cara estava na moda e coisa e tal. Todo o resto, "uma cafonagem". Paulo César Pereio era o tipo que fazia a festa. Os anos setenta foram uma merda.

Bem, cabelo chanelzinho para as duas. A mãe fuma. "Ela não presta." Vovó aporrinhava um bocado (90% segundo os meus cálculos). O menino vai ser veado. Ou vai enlouquecer: a temida oferta da maternidade foi aceita, digamos. Comê-las pois, e subjugá-las, excita unicamente para ser recriminado: "Quer um cigarro?" – ela me perguntou e ao mesmo tempo disse para o garoto procurar o Fábio, filho da Thaís. O garoto poderia ter respondido: "Diversas vezes, diversas adoções eu concluí." Ou ter aceito o cigarro, como eu fiz.

Fátima sabia fumar. As mãos bem tratadas. Fura-Bolo e Maior de Todos – assim ela havia me ensinado. Depois mais fumaça: "Fez muito gostoso, estou cansada." Então contou-me da escola do Rodrigo. Acabava de se limpar. E queria falar mais. Eu disse que não. Sem justificativas. Maria de Fátima, como as outras mães, mal sabia trepar. Mas ela continuou. Tossia e a sua voz rouca enrijeceu meus mamilos. Foi quando eu tive, pela primeira vez, a consciência dos mamilos. Da Consciência dos Mamilos (e dos primeiros pêlos pubianos). É pra dar banho? Então vamos para o chuveiro. Uma chuveirada, como se diz. Ela insistia: "Foi proteção de Mãe, só isso."

Vesti um roupão ridículo, ela outro. Pra cama bolinar... e, na passagem involuntária dos assuntos, ela falou da gravidez da amiga. O que eu acho? E do colégio do garoto? Piaget ou Frénet? O que eu acho? Tive que engajar repentinamente a condição que o tempo reconhece e que eu jamais poderia aceitar: a de adulto conselheiro. De controlador amigável da natalidade... assuntos menstruais e tabelas. Isto é, entre contraceptivos inúteis e economia doméstica (cheirinho de buceta no dedo mais sacana "é o maior de todos!"), esbarramos em composições temerosas e conhecidas. De modo que quem cria um cria dois ou tira logo de uma vez. Esquece do pai, entende? Foda-se, etc.

A mãe, esta mulher. Que paga a conta do restaurante. Que o menino está sozinho em casa. Que a educação do menino em primeiro lugar: "Eu acho assim" – ela acha, ela acha. "Eu acho que tem que ter uma educação com uniforme e com hino da bandeira, sabe?" Das aulas de natação? Hein? Do inglês? Do curso de informática ele não escapa. "O que você acha?"

"Educação como a gente teve, né?"

Ai, ai. Dá tesão! Quer dizer... não sei como o dedão do pé da Fátima veio parar na minha boca... "Amooor?" Ela é de São José do Rio Pardo – Quié? – Acendeu outro cigarro e confessou a transa com a Thaís. Faz parte da safadeza, eu quero dizer... não tem nenhuma safadeza, eu quero. Dá tesão, as duas.

Sugeri um cinema. Ela disse que "adoraria um cineminha". Eu, ela e o gordinho. Para fazer as apresentações de praxe. Ela gosta das coisas "como manda o figurino". Depois um Big Mac. Que o Rô adora. Então o menino vai ver a mãe de mãos dadas comigo. Eu, o canastrão. Ele vai entender. Filho de pais separados.

Um reforço. Professor particular resolve qualquer problema. Mais tarde iremos para a casa deles: "Condomínio Grand Royale Meia Calabresa, Meia Muzzarela". TV. Fátima Bernardes. A classe média vestida de "taierzinho". Que dá tesão. Dá vontade de abrir um "negócio próprio". Que dá vontade de dar dois tiros na garganta. De comer a mãe. De fazer trinta e um anos em 1997.

Carta de Amor

Querida L.,
(talvez eu devesse pegar na sua mão)

Que eu e você somos assim. Cheios de empolamento e de excessos tolos. Então? Por que você não me dá uma chance? Sabe do cristal que vai rompendo...? Sabe de nós dois de mãos dadas, é evidente que sim. Os meus joelhos e as demais articulações foram para o beleléu. Buscopan para a dor. Voltaren para a inflamação. Um beijo seu. Cada um dos dois canais que levam a urina dos rins para a bexiga, que você também. Que todo mundo tem, coisas do estilo forjado. Excluindo as suas pequenas delicadezas. São mais do que pequenas delicadezas! São obrigações da mulher intocada. O que é muito natural e aborrecido, haja vista. Que você não sabia e chamou para si mesma.

Estou certo? E ainda trouxe consigo a expectativa, ou melhor, por instantes, você quis ser feliz e usou (o sexo) para dizer que sim. Desconfio que nós seremos uma boa trepada. Você pra mim. Eu pra você. Como você mesma escreveu, "algo mais íntimo entre nós é impossível". Sabe que eu adoraria "algo 'mais íntimo' entre nós é impossível"? Alguma coisa assim outra vez, eu adoraria.

Não sei o que você quis dizer com "eu tenho vinte anos e não sou nenhuma idiota". Aos vinte anos a gente começa a planejar os primeiros erros, eu acho que sim. Pelo menos foi o que aconteceu comigo. Outra coisa. O que você quis dizer com "definitivo entre nós..."? Quem foi que disse? Escuta, vamos viajar. Sair por aí e queimar um baseado juntos... e etc. Quer que eu repita? Digamos que com o passar do tempo as coisas ficariam cada vez 'menos esclarecidas' e que, por mais estranho e desmentido, o nosso piçirico ficaria cada vez mais seguro e amadurecido. Digamos que é de amor do que eu falo. Eu lhe digo mais. As expressões "relacionamento" que você usou na sua primeira carta e "objetivos de vida" na carta de quinta-feira passada, são expressões demasiadamente graves que você, a meu ver, deve ter pegado feito gripe desde menininha. Agora, porém, a coisa ficou mais complicada. Para mim "definitivo entre nós" é uma espécie de doença dos escrúpulos adquirida, tipo sua mãe pagando religiosamente as mensalidades de sua faculdade e que, em suma, está causando um estrago danado em você e no seu porongo mal orientado. Volta pra mim, fica comigo. Eu temo pelas bobagens que você ainda é capaz de escrever. Eu não me atreveria sequer a usar aspas novamente. Você não escreve bobagens. Porque eu gosto de você e prefiro assim. Porque em nenhum momento você disse que não me amava. Apenas tratou de restrições tolas e de reservas vulneráveis. Abriu as portas sem perceber, minha querida.

Virgem como você. Quer dizer, alguma coisa que eu não escrevi. Feito a Tábua das Marés. Eu já havia lhe falado sobre a Tábua das Marés? Da ternura na praia em noites de vazante... e uma pela outra guardaríamos sobretudo uma certa distância do mar, você poderia ser a praia, vento que vem de lá, e eu, talvez, a longevidade das poucas horas que antecedem a enchente, quando da lua nova. Eu falo de nós dois.... porque nos amamos poderia ser conosco. De perto, porém. É outra coisa que alhures não tem fim. Que é virgem como tal.

Eu falo do ponto de vista de quem está deitado de bruços comendo areia. Eu faço tipos, você bem sabe... feito o gângster que eu fiz para afugentá-los: "o carregamento de anchovas e o uísque..." Lembra-se? Aliás eram três bandidões. Pus os caras para correr. Imagine só, eu "o mafioso". Por você. Foi por você que eu aprontei com a mãe do Gringo. Só para esquecer de você. Que eu menti para o delegado até convencê-lo de que sempre fui um cafajeste. Porque para ele somente um cafajeste poderia estar na praia de nudismo com três piranhas, uma suicida e as outras duas a mãezinha e a Suélen, todas bêbadas e escrotíssimas. Ele jamais iria acreditar... aconteceu de eu ter querido pagar um dinheirinho extra para que as meninas rompessem cada uma das quatro pregas de membrana vocal gritando o seu nome, o seu nome. Lá de cima, do alto do penhasco. Depois eu me apossei da civilização dos pelados e, das alturas, temi pela sorte do meu povo e pelo seu amor como se fosse o mesmo vento que soprou naquela manhã... e que pediu pela compaixão de Deus nas alturas e que pediu pela sorte das mulheres que gritavam o seu nome. A piranha nº 1 acabou se atirando. O desespero das meninas. Todas as três tinham nódoas nos corpos e uma vergonha piedosa de si mesmas. Fiquei noivo da mãezinha, depois desmanchamos o noivado. Geralmente é assim que acontece com as meninas do "Scorpion's Club". Gritávamos o seu nome. Eu falo do ponto de vista de quem está deitado de bruços comendo areia e morrendo de amor por você. Da fraqueza dos velhos. Do cristal que vai rompendo os canais... Do cocô na cama. Da dependência.

Da consciência, para quem?

Um peso danado que vai do sono profundo até as canelas. Dos rins. Do meu amor, sobretudo. Que passa por você. Aposto que não, você não me quer.

Eu falo do ponto de vista das coisas que não existiriam se não caminhássemos de mãos dadas. De mãos dadas é do que eu falo. Do ponto de vista de quem acredita em marisco macho e marisco fêmea. Das coisas que eu repito. Quem disse que não? Quem disse que não nos amamos?

"Come Fa Un'Onda"
(aqui abaixei a guarda)

Como mar de filme. Choramos, você na sala Aleijadinho, eu na Mário de Andrade, na seção das dez. Como mar de filme – longe, branco-e-preto-e-apaixonados.

Não dá para ouvir o mar do meu terraço. Você é minha garota. Você não é feliz. É da gente que eu falo. Portanto tiraram de mim vocês duas. Outra vez nossa filha quis saber da mãe.

"Mãe e filhas têm cigarros" – foi o que eu disse, enfim. Ensinaram a mãe e agora vão ensinar a filha. A lição de casa é ler "Menino de Engenho", esquecer de mim e comprar no Shopping Iguatemi. Aulas de inglês, espanhol e natação.

– (...ou as bacias largas de vocês duas.)

Ensinaram uma comidinha japonesa. A viajar de avião e mijar de pé. É de vocês?

É de uma vaga lembrança. Pode ser de uma raça de cães sonolentos. Do molho 'ao sugo' e de domingos felizes. Dos beijos escondidos. Lembram-se?

É da gente que eu falo. Agora eu não sei do mar. Ah, minhas meninas. Ah, minhas meninas infelizes. Por mim que estou chorando. Como se estivesse pedindo "o quê?" Pelo homem que não é o pai de vocês. Que eu também não sei quem é...

Que vem lá da bacia de vocês duas. Lembram-se? Eu ainda guardo um pouco da minha ignorância e não acredito em política econômica e acho que distribuição de renda é conversa para boi dormir. Sei mandar flores. Respeito as razões de uma criança e o cheiro da mulher amada. Vem lá da bacia de vocês mesmas... Se for preciso visto duas calcinhas pretas. Uma por cima da outra. Uma onda por cima da outra. Para que vocês finalmente compreendam.

Antes de acabar com a minha vida.

E de acabar com vocês duas. Nós sempre tivemos amigos e amigas 'bons meninos' e 'boas meninas' – e as nossas infelicidades umas sobre as outras, como se não fôssemos infelizes... uns babacas, isto sim. E a prova aí está: vocês duas não sabem comer de palitinho e a verdade é que dá uma melancolia danada o gosto do 'gengibre', por exemplo. A comida japonesa. A maldita comidinha colorida. Eu tive a Avenida Europa. Você teve duas casas para recuar. Eu tive professor de judô. Você teve aulas de balé. Não dá para *ter* 30 anos.

Quem será que vai trepar por nós?

Que hoje em dia. Somos eu e vocês duas meninas infelizes. (Puxa! Havia me esquecido! Aulas de catecismo!) A primeira comunhão foi na Igreja de Nossa Senhora do Brasil e Mamãe Não Via a Hora de Acabar, depois ganhamos uma viagem para a Disney, como uma espécie de compensação ou coisa parecida...

A nossa conversa ao telefone. Imiscuir é tão bom (é a palavra errada mais apropriada), é a palavra certa, feito coisa miúda, comunhão de pequenos interesses, enfim. Das coisas que admirávamos ao mesmo tempo. Eu em você. Você em mim. E ainda, e que nos fez planejar, dar idéias um para o outro, confabular e deixar as outras coisas para lá. "Ah, esses babacas" – nunca, sempre nunca tiveram "nada a ver conosco".

Quem será, hein? Quem será que vai trepar por nós?

O que eu tenho é o meu corpo de 85 quilos que pesa sobre o seu corpo. Você faz falta aqui, você é destas coisas que se perdem no meu dia-a-dia; a mesa de futebol de botão abandonada na garagem, os meus amigos, o churrasco que não sei fazer, quando eu acordo sobressaltado e você não está, a minha solidão que não é mais solidão sem você; a nossa filha que não sabe quando estou trabalhando, afinal eu espero por você. Traga suas calcinhas p'ra gente lavar. Depois vamos dependurá-las no box cuidadosamente. Alguns comprimidos para dor de cabeça, traga suas coisas e ponto final, traga sua namorada, traga o que você quiser. Que hoje somos eu e vocês duas meninas infelizes.

É 'mais ou menos' assim.

Ou por que diabos as baladas românticas de Renato Russo? As crianças continuam sendo matriculadas na escola com três anos de idade, e tem mais, Danilo, aquele nosso amigo, suicidou-se com dois balaços na garganta. Então dá para entender 'mais ou menos' o que as letras italianas querem dizer: "né, coração?" Alguma coisa no CD do Renato "tem a ver conosco". Talvez sejam os quadris indisfarçáveis de vocês duas donas de casa. Alguma coisa, eu suspeito, que "não tem nada a ver" com a cerveja deliberadamente esquentada no copo de vocês duas e nem tampouco com o cigarro light que vocês duas fumam em riste, e que, em última análise, descambou no lirismo jeca das ruas do Bixiga, quer dizer, SP há dez, quinze anos atrás; eu, minha lagartixa, ainda tenho John Fante para me livrar das penas do inferno, e você não tem jeito, a educação que você recebeu no Dante cagou em cima de você e vai fazer o mesmo com nossa filha. De certo modo começamos a freqüentar muito cedo o elefantinho da Cica. Sempre tivemos o costume de tapar os ouvidos e de fazer cara feia. De achar que está tudo bem e de esquecer por que choramos. De achar tudo ridículo e de ter uma vaga lembrança.

Estudávamos em colégios particulares.

Isso tudo me faz lembrar "de quando crescemos". Agora são minhas meninas infelizes. Tem o mar de filme, outra vez – longe, branco-e-preto.

A Felicidade. A Esfiha.

Durou uns poucos minutos. Quando eu procurava esfihas. Ai, dona Cidinha. Ai, ai. Que fome! Duas e meia da madrugada e o Palácio das Esfihas estava fechado. Por Deus! Eu pude ter fome, apenas. Atravessei a avenida da praia e notei o peso das canelas. Upa! Eu tenho canelas! Bem como joelhos e articulações e digamos, as demais peças – este é o nome! – as mesmas do balconista. Que ganha a vida lavando pratos e copos e atendendo os fregueses lá do jeito que lhe convém às duas e meia da madrugada. Um vocacionado, o balconista. Se ele soubesse do próprio talento eu já estaria ardendo nas profundezas do inferno. Feliz da vida e muito bem encaminhado, é verdade. Mas o homem, também chapeiro de pai e mãe, perdia a melhor oportunidade de despachar alguém para o inferno. Bem, eu pedi um cheeseburger.

– Faz um cheeseburger, amigo.

Aconteceu na divisa – entre Santos e São Vicente. Alguns poucos minutos de felicidade, doce de abóbora, canjica e casamento caipira. Esqueci que eu morria desde criança. Estava acostumado, né? A primeira morte foi com a lata de talco Pom-Pom... a lata do ursinho, eu devia ter uns dois anos e já não encontrava lugar para mim. A literatura abusa de criancinhas. Então o primeiro teste de QI. Uma decepção. Burro para sempre. As palavras estavam no meu lugar, isto contava, sobretudo: "Johnson & Johnson" (...) Ah! Puxa. Quase me esqueço! Tia Nancy, a professorinha, gostava de um caralho, é bom anotar. Vale que eu conhecia a velocidade e as medidas solares, corretas e incorretas, das palavras, dos objetos e das cores. E agora, tia Nancy? Agora, o ursinho. Quer dizer, eu chorava para pedir as coisas... pedidos definitivos. Às vezes justificativas, eu diria.

"O menino vai acompanhar a classe."

Em minutos um cheeseburger pôde recuperar trinta anos de felicidade tomada (fez um mês semana outra: "estive de aniversário". Ôba!) É legal abandonar as vocações – tentei avisar o balconista –, a morte, para comer um cheeseburger... é mentira dizer que foram os minutos mais felizes da minha vida. Teve o dia em que o mar se abriu. Outra vez aconteceu na Feira da Bondade, eu devia ter quase doze anos e senti um ódio fantástico do meu pai... acho que não era somente ódio. Continuava sendo felicidade, a mesma que usamos para devorar um sanduíche na primeira mordida. Em seguida o inconformismo tolo e desamparado pela lei... um freguês insatisfeito às três da madrugada. Depois, fora do lugar, a nostalgia provocada pela falta da esfiha. Que não é felicidade, é o nome de um livro.

Adeus Rua Butantã!

I – No começo eu quis escrever uma carta para Paula.

Da falta do amor de mãe, do seu amor. Do marreco recheado que o John desprezava, do chá de maçã e do seu olhar autoritário. Todavia é muito quente e eu tinha a obrigação de recebê-la. Quando você esteve em SP... não fosse a idiota da minha mulher e os meus filhos – cujo amor eu bem reneguei desde quando ela os chamou de Bruno e Diego – e os biscoitos de polvilho, eu a receberia como antes. Tem um japonês trabalhador e sacana dentro de mim. O silêncio do japonês e a indisposição do f.d.p. me preocupam. Pois já é demais para mim escrever "foda-se" e depois atear fogo no verbo somente para contrariá-lo. É demais e faz um bem danado etc. e tal. Coisas do "Frango Assado" e da mulher e dos filhos dentro de uma Marajó 85, na fila do pedágio. Sinto a falta do amor de mãe, do seu amor. Na verdade eu acho a nossa afinidade coisa de enrustidos. Que a minha crueldade é mais uma bobagem. Bem... que eu não sei contar uma história. E mais o quê? Hein? Minha vida esteve sobrecarregada de felicidades e de infelicidades cujo intuito ou cujo fim comum sabido por todos nós – hoje mais por você do que por mim (faz um tempinho que vendi a Marajó e dei um pé na bunda da mulher e dos filhos) – é o mesmo, famigerado e repleto do cheiro de fraldas cagadas e engarrafamento na Imigrantes. Eu peço desculpas. Você me conhece e sabe que pedir desculpas é a minha especialidade. Com muita educação e obsequiosidade eu peço desculpas e a mentira, louca por uma vadiagem e outra putaria, corre desenfreada como se não tivesse nada a ver comigo.

II – Depois Mudei de Idéia. Na estrada, continuação,

Eu roubei a verdade! O japonês fica puto comigo. Agora já é mais fácil mandá-lo para o inferno. O grande arrependimento não é a solidão, a praia sem uma buceta legal para brincar de pega-e-leva, etc. Não! É a grana que vai se acabando. É não ter podido aproveitar-me ainda mais da ingenuidade e ter roubado até o último centavo da boa vontade dos velhos.

"Boquete" é como as putas da terra chamam o sexo oral. Tampouco para a "boquete" prestam. As vadias de Maceió cospem no pau da gente. Precisa ter vocação para as coisas. De que vale dar um nome analfabeto e divertido – feito sorriso de gengiva – para o sexo oral e depois cuspir no pau da gente? Ou chupa nos "conformes" ou vai pedir esmolas, vai roubar, sei lá. Mas com educação e discernimento. Para pedir esmolas o desgraçado tem que despertar compaixão e misericórdia. Para chupar um cacete a candidata – quem fala é o cafajeste – "chupa o meu cacete, sua piranha fodida, etc." – deve procurar o leite com a tesão de uma leitoa em busca da décima segunda teta. Para roubar, graça e comprometimento familiar etc., etc. É fácil, não é? Pois existe uma hierarquia sacana e displicente na ordem das coisas, isto é, ou a sujeita tem a vocação para ser uma beata imaculada ou alcança a bem-aventurança chupando a pica dos outros. Por Deus! Dá na mesma! Basta saber o que se faz. Ora! Até para se cuspir no pau... Eu gostaria de poder me enganar e desculpar as cuspideiras de Maceió pela vocação insuspeita de sacudir a libido dos desavisados...

como "ibis sibis"[1] sacudiram a minha libido: "tá a fim de uma 'boquete', gato?" Paf! Pof! Puf! Três foguetes para elas. As selvagens têm jeito... Tamanha graça. Tamanha danação... Upa! Carrossel dos Desesperados. Banquete dos Mongolóides. Mistura de Raças Fodida. Ah! Como eu queria ser pior do que eu sou. Só mais um bocadinho e alcançaria a iluminação, a ejaculação precoce e o limite do cartão de crédito. Às vezes a má sorte fica por conta das pragas subseqüentes desta ou daquela outra trepada de tantos anos atrás, é assim que as fodas se resolvem. Desordenadamente para mim, um místico. Quanto à boquete... jamais pague trinta dinheiros por uma. Droga! O mal que me faz. Eu não sou um menino ruim. O meu sonho sempre foi constituir lar, família e bigode.

III – Paula e os Meninos.

Estamos construindo na Riviera de Sarandi. As crianças vão adorar. Até o Emerson e a Tereza estão construindo lá. Quer dizer... lá pertinho. Eles constroem em toda parte, não é incrível? Subimos a serra de Santos cheirando merda de criança. Minha senhora recém-acendeu o cigarro de baixos teores. A fumaça corta um pouco o cheiro da merda e dá uma pontinha de tesão ao sair de fininho pelo quebra-vento. Ela diz que é preconceito meu e que o filho da Cris não é veado "coisa nenhuma". E que eu não tenho nada a ver com a vida (viadagem) do garoto. Então eu digo para ela "definitivamente" apagar a porra do cigarro.

Homens bebem cerveja e falam de futebol.

As crianças choram. Ela acende outro cigarro. As crianças enjoam. Meu saco na "zorba". O carro fede merda e as fraldas... onde estão as fraldas? Antes que ela fale "esquecemos na casa da

---
1. Não quer dizer absolutamente nada. Mas fica muito bem no texto.

mamãe" eu repito que o filho da Cris é veado. Ela joga fora o cigarro, cruza os braços e fecha a boca por instantes. As crianças choram.

Que ela é a culpada e que se cale para sempre. Paramos no Rancho da Pamonha. Estivemos no Rancho da Pamonha. Encontramos a Shirley e o Duarte no Rancho da Pamonha. Onde é que o Bruno se meteu? Eu não queria este nome para o garoto. O moleque vai ser veado como o filho da Cris... O Diego está assado. Eu não queria este nome. A mãe disse para os dois não se afastarem de nós – os adultos! Ai, ai. Os Adultos! Dá uma tesão de xixi, sei lá. Nós, os adultos. Porque eu nunca havia reparado nos pés da minha senhora. Poderia ter evitado tudo se tivesse reparado nos pés da minha senhora. Não fosse a prática de distribuir gentilezas que não são minhas... eu não seria o Pai de Família do Rancho da Pamonha. Não fosse a mania de cultivar família e bigode... eu teria reparado nos pés estrábicos e maoístas da serpente d'água que afinal é a minha senhora. É só reparar nos pés das serpentes d'água.

IV – Um Breve Comentário Sobre o Destino.

Destino é algo que se associa aos líquidos dos seres disfarçados de "minha senhora" e, sobretudo, o destino contabiliza o número de fraldas cagadas e a assimilação do senhor bigode frente a este ou aquele outro estado de coisas medíocres e promoções "imperdíveis" nos fast-foods da vida. No meu caso as coisas começaram a mudar quando resolvi, livre e independente do bigode, que o filho da Cris era veado. Depois mandei o casal Duarte para as profundezas do inferno. O japonês nunca irá me entender. Que se foda o japonês (a propósito, que se foda o japonês novamente). Para entender a idéia do destino na vida de um sujeito como eu, levado a contragosto, é preciso entender que sem a porra da grana para conduzi-lo não dá para sequer conjeturar de um dia ter um bigode. Trata-se de uma impostura, dr. Galeano. Eu me sinto objetivamente enganado. Não tenho um puto de um bigodinho que me sirva ao deboche. Onde está minha senhora? As crianças? A Marajó 85? A felicidade que eu faço questão de esculhambar? A minha felicidade? Foi por querer apenas um bigodinho que eu sofri mais do que todas as fraldas cagadas na subida da serra. Lá do alto, as crianças. Ao fundo a baixada Santista, coberta de neblina.

V – Desta vez vovô está morrendo.

Levado por um destino fodido, solitário e sem dinheiro, chorei no telefone público quando soube que era o cara mais bunda-mole do sistema Imigrantes-Anchieta e, na rebarba, ameaçava chegar ao cu do hemisfério norte (não é o caso de falar das 30 horas navegando a bordo do Rodrigues Alves. Belém-Macapá.) com a página que eu ganhara no PQP, um pasquim de Belém do Pará. Agora o mais bunda-mole e santo da amazônia legal estava certo de que não receberia um puto para escrever no pasquim e de que vovô morria na ligação a cobrar. Porque eu ligo a cobrar, é bom avisar antes, não é, neguinha? Ah! Que inveja! Da ignorância encerrada em si mesma e do júbilo daqueles que levam uma vida inteira pondo no cu dos outros. É o caso do vovô, amigo e confidente. O macho iniciado com um negrinho está fodido. Alguém viu o meu bigode? Sempre aplaudi os preconceitos e as ignorâncias do velho Pascoal, da felicidade aos setenta e nove anos e no máximo mais seis meses de uma vida inteira negligenciada em favor de si mesmo. Tipos como ele, "gente fina", deveriam morrer assassinados ou quiçá achados nus na Floresta da Tijuca com indícios de violência física e abuso sexual. Me ocorre o empalamento e a revolta do meu coração pela morte traiçoeira do amigo. Mas as tragédias não são idealizadas como a gente quer. Tampouco são tragédias. Então a morte assistida. A bosta da piedade e a meleca da compaixão. Pô! Tipo "gente fina", como ele, deveria ser sacaneado pela má-fé. Eu, por exemplo, estaria disposto a enganá-lo e roubá-lo até o último centavo. Enfim, jogar o jogo do velho. Dar uma chance para ele, caralho! Jamais pela tolerância e pelo comedimento prolongado e branco de um corredor de hospital, feito luz no fim do túnel, etc, etc. Não é por aí, entende? O velho é afeito ao lucro imediato e tem um espírito sagaz e por demais bondoso e humano e que, digamos, tem a doçura e a desfaçatez de passar os outros espíritos para trás. Taí a raiz da coisa, minha branquinha. É tolice achar que essa morte bunda-mole é uma espécie de penalidade, vingança ou aprendizado. Tolice. Que diabo de expiação é esta em que a vítima não sabe que é algoz de si mesma? Generosidade bem como orgulho e egoísmo são filhos de pais desconhecidos. Coisa de filho-da-puta que jamais irá saber de onde veio e nem para onde vai. De modo que eu julgo uma tremenda bosta a morte pela qual o meu velho amigo e avô está passando. O velho Pascoal não é vítima de suas vítimas e nem tampouco sujeito a complôs espirituais e etc. e coisa e tal. Porra Nenhuma! É o desconhecido de si mesmo: "E daí? O que eu ganho? Hein?" Sobretudo é o último a ser martirizado pela própria dor: "Vê quanto a enfermeira quer para aplicar a injeção." Caras fodidos, como ele. Que se dane o sofrimento alheio. Depois? Ora! Depois um basta. Foda-se e ponto final. Ah! Que inveja! Ele tem o estilo das grandes muambas feitas no tempo do Jânio. Na "surdina", como ele gosta, na surdina ele sempre soube o tempo certo de ganhar dinheiro. Ultimamente eu o explorava com amor e admiração. Um ano e meio de vagabundagem? Dois anos e ele sabia do "vagolino" que o amava. Desde os peidos aguados da doença... eu o amava nas incorreções verbais e nas indelicadezas em geral e, ademais, nunca soube conjugar o amor com o malquerer. Estômago nazista até a morte. Meu Sítio do Pica-Pau Amarelo. Cinqüenta e sete anos de infidelidades e de amor conjugal com a velha – desde os dezessete anos, quando vovó casou-se com o "gente fina" ela já era a septuagenária de hoje – "maledeta" e segunda matriz de todas as minhas punhetas mal acabadas. São coisas do velho Pascoal e quase não dá para acreditar que os dois sempre treparam numa boa. Foi vovó quem me disse. Uau! Coisas do meu amigo. Que são maiores do que minha inveja. Que me fazem mentir ao dizer que o amo aparentemente.

VI – Desliguei o telefone. Eu, sujeitinho em tempestade.

Jogado no deserto de Noé. Escolhi seis ou sete doses de vodca e a puta mais feia para beijar na boca. Trocadilhos. Quem foi que disse que puta não beija na boca? Hein? Com o rancor do fim da tempestade. Da chegada. Do lugar errado. Da natureza fora do lugar. Qualquer lugar é lugar para se perder. Para uma árvore vicejar... o rancor não se perde, este sim tem destino. Poderia perfeitamente começar em Alagoas e viajar quarenta e duas horas de ônibus até chegar em SP-SP, onde, repito, tem lugar afinal. A Cris adorou Maceió. Não é preciso falar da Cris. Tampouco do japonês. O céu é de sinusite... pesa demasiado na fronte e adormece as criaturas fragilizadas. Ainda é recente a beleza da terra. Que reverbera sob o sol e o vento comprometidos... pobres criaturas e um ou outro pedaço da natureza para redimi-las do Lixo da Casa de Sucos Típicos. O que vale é o projeto e a concepção, não é, Cris? Em qualquer Shopping Maceió é linda e o filho da Cris é um veadinho. A Bahia não é aqui! Por Deus! A Bahia não é aqui!

VII – Na Volta encontro Renata, médica carioca.

Marcelo, Volta! Seu irmão, primos e primas têm bucetas e caralhos para se ocupar. Volta, imbecil. Quem mais pode se ocupar?
Vovô está morrendo no hospital.

Ah! Um carro e uma grana no bolso é do que eu precisava. Tenho a Renata na parte sacana da imaginação. A passagem de ônibus marcada e uma resposta na bucha: "A enfermeirinha está com o pé na estrada, cheia de idéias, bando de fodidos." Bem, Renata é o tipo de mulher da raça dos tigres brancos. É uma raça de tigres que se estabelece para a foda e com a qual você (quer dizer, eu) acaba por se identificar. No caso da Renata eu poderia chamá-la de Vera — ambas são tigres fêmeas fodedoras da mesma família (foda de queixo furado e mal hálito bem na pontinha da língua) — mas é Renata, da minha raça fodedora. Porque não é Vera é de amor do que eu falo. Um carro e uma grana no bolso para encontrá-la. Minha fodelona, Renata. Clotilde, Lídia, Eliane, Sônia... esqueci os outros nomes, isto é, não eram fodelonas como Renata é. Ah! Íris, Ângela e a outra Eliane, lá do jeito delas, também fodelonas inesquecíveis... é bom lembrar das fodelonas. PQP! O sujeito chega aos trinta e fica doce, louco para ser papai... Renata seria a mamãe fodão. Depois as coisas se ajustariam. É isso aí. Eu não volto, nunca mais... Adeus Rua Butantã! Deixa o velho boa gente bater as botas e eu largo de uma vez por todas esta posição ridícula de pajem, limpador de cocô. Aí eu vou ao encontro da minha fodelona, Renata, a médica carioca que eu conheci folheando uma revista de fofocas, ela estava lá na revista, eu na rodoviária de Teófilo Otoni-MG. A mãe dela tem um hotel-fazenda em Mendes, no Rio de Janeiro. Quer dizer... pra mim tá legal.

Mahārāja Kēsava e os Fanáticos do Santinho

O sujeito que fica vinte anos sem mulher. Que fica vinte longos anos sem tocar sequer uma punheta, adquire um aspecto cor-de-rosa/cor-de-éter. Em princípio uma testa de proa livre do mar. É fácil notar a candura. É fácil notar a gravidade no olhar do beato. Uma coisa e outra. Ou estrela caída. Quisera de si mesmo, caíra. Ou seja, depois de uma noitada de sexo e drogas dar de chofre com um sol de Grand Slam no deck do "Ferrareto", 1976, talvez 77 e 78. Chivas na piscina. As amizades da Luciana P. Mais uma poltrona de couro invisível para flutuar. Algumas bandeirolas de Volpi. Eu não incluiria Lívio Abramo e *Os Sete Mosaicos*, mas deixa pra lá. A contragosto ia ao La Bombonera, torcedor do Racing Club. E, sobretudo, um charme irresistível para falar bobagens. Mahārāja Kēsava fez outras previsões que eu não entendi muito bem.

Ele me falou em ilusão.

Que eu estou perdendo o meu tempo. Disse para continuar. Que ouvira de Epicuro a mesma conversa tola de corrupção e purificação. A tolice, quer dizer. As coisas se repetem... terá sido Epicuro? Uma linha do que escrevi, eu pensei. Ele precisa conhecer uma frase. Um bom começo seria aquele: "Às vezes fica por conta da ejaculação." Mas ele não quis. Já conhecia. Foi muito afetuoso ao justificar a censura. Na verdade Kēsava antecipou-se.

Só porque eu havia falado em "foda" para a mulher dele – Māhesvari (que fêmea, meu Deus!). Ela contava histórias do tipo "você sabe o que acontece com os meninos levados?" Isto é, o herói de Māhesvari, já dentro da floresta, depara-se com um casalzinho "fazendo, fazendo..." – fodendo, fodendo, foi o que eu disse. Ah! Ela sabia sorrir por metro quadrado e ocupou meu espírito de alegria, e é bom lembrar que a eventual fornicação acontecida entre os dois é atribuída aos fantasmas das alturas – cento e cinqüenta metros da terra, é de lá – vale dizer, é mais do que uma distância calculada, é alguma coisa entre o sexo oral e a compreensão debilitada do pensamento cartesiano; eles são hortaliças e, entre outras, a vagina etérea de Māhesvari e o gozo negado por vinte longos anos, ocuparam os três meses de aluguel que me foram cobrados adiantados; e entre tantas, gostaria de tê-la como mulher apaixonada em 1988... Kēsava, com a placidez de um peixe colorido, me disse: "Sua inteligência está a serviço do mal." Daí mandei-lhe Bucha: "Escuta aqui, Monge. Alguma vez você acreditou que a sua burrice estivesse a serviço do bem?" Tirei o Monge do sério. Foi ele quem me disse que era um Monge. Que era pós-doutorado em religião e que "O tal de 'O Pai Nosso'" comparado aos mantras que sua Divina Graça, A. C. Bhaktivedanta Swami Prabhupadā (o homem que traduziu "verdadeiramente" o "Bhagavad-Gitā") havia ensinado, era coisa de ginasiano. O Monge me tirou do sério. Decerto imaginou que a conjugação de exemplos e abobrinhas o ajudariam a me doutrinar, e antes que as coisas descambassem para o Dr. Ribeiro, eu disse que NÃO! Absolutamente NÃO! Havia sido declarada a Guerra Santa. Nada melhor do que começar pela mulher dele. Para não dizer que eu sou o carola, desejei Māhesvari de Quatro enquanto ele insistia em mantras, chacras e discos voadores. Upa! Eu, soldado de Jesus. Ia ser legal dizer: "Tá vendo? Ela fode como uma serpente". Mas o tempo foi passando, uns cinco dias, e eu já não me animava com a idéia. Māhesvari descuidara das ancas – e da bacia? – desde a sua conversão ao Hare Krishna, em 1989. A casa de praia no Santinho. Eles se "ajeitavam num puxadinho" escondido atrás dos pés de maracujá. Depois eu soube da existência de uma corrente light que não faz comparações cabeludas com o filho de Deus. O que não quer dizer absolutamente nada para mim, é bom anotar. O credo deliberado em si mesmo, este sim, mais do que o sotaque castelhano e a omissão diante das coisas da vida, me incomoda, me incomoda um bocado. Não me importa que o sujeito seja doido varrido ou demente deslumbrado. Ou para o lugar que a porra dele vai depois de vinte, trinta, quarenta ou duzentos mil anos. E, sobretudo, não me importa que o desvairado esteja coberto de razão. Eu quero que se foda, entende? Todavia ainda era cedo para mandá-los, o nazista fragilizado e sua esposa, tomar no olho do traseiro. Então eu vou contar como foi a manhã do primeiro dia do ano com Mahārāja Kēsava e os seus fanáticos.

Juntaram-se a Māhesvari e Kēsava mais uns trinta aleijões no meu quintal alugado. O jardim de casa parecia o "depois do apocalipse". Estavam lá os devotos purificados pelo esperma e os porra-loucas em geral. Uns comiam melancia. Outros, uns gringos canastrões e soturnos, brincavam de uma leveza "per se" injustificável e hierarquicamente prejudicada se levarmos em conta os dois devotos que andavam para cima e para baixo de mãos dadas e sorriam para os pés de maracujá; isto é, faziam o tipo apóstolos, embora uma coisa não tenha nada a ver com a outra, mas ainda assim, faziam o tipo apóstolos da Santa Ceia. Aparentemente, mais eles do que os apóstolos, escondiam muambas inomináveis debaixo da mesa. O primeiro olhava para "o teto" do pé de maracujá como se não fosse com ele, o outro alisava o cavanhaque como se estivesse rebobinando e selecionando fio por fio das sujeiras pubianas que corriam por entre os seus dedos e, de vez em quando, deixava escapar uma gargalhada sarcástica que subia fazendo ar feito chopp em serpentina, desde o umbigo dilatado até os lábios mal pregados na boca, sugerindo modalidades de safadezas pornográficas e fiscais que somente os pequeninos dentes cerrados e pretos, diga-se muito particularmente, idos e vindos da gengiva, poderiam chamar para si em defesa, quer dizer, advogar em favor dos próprios interesses e quebrar o galho em se tratando das mazelas do resto do corpo – que, igualmente, se solidarizavam com o pé de maracujá e insistiam na minha redenção. Ninguém sabia ao certo se se tratavam de Pedro ou de Paulo. De Leandro ou de Leonardo. Os dois instigavam uma sacanagem de capados, sei lá. Eu vou chamar de "O Jardim Sem Genitálias" ou "O Encontro dos Poetas Frustrados e Das Tesões Recolhidas Que Existem Dentro de Cada Um de Nós". Para conhecer o mantra de Kēsava: "A culpa é das novelas! A culpa é das novelas!" Mais um pouco de melancias verdes e a redenção dos ímpios... confesso que fico aliviado em saber que não estou preparado para receber um céu deste tamanho, olhando para lá, para o céu (é, eu sou um aloprado, estou subindo... foi o que me disseram), as coisas não me parecem tão leves como são ensejadas. Só para vulgarizar, como é do meu feitio, vou usar a imagem da intolerância e da bunda, isto é, acrescentando uma mulherzinha na história, casa, comida e roupa lavada, eu sigo em frente até chegar ao céu que me prometeram. Vale dizer que a maneira pela qual aquela bunda dedicada procurava o meu corpo, não pelo ridículo do coito propriamente dito, mas pela evidência e pela pressa em que demonstrava mais prazer do que eu, era, vale repetir mil vezes, intolerável!, intolerável! Assim é o tamanho do céu que me foi dado. Não é da bunda que eu falo. Pode ser da bunda também, quer dizer. Às vezes, sem exageros, eu acho que mereço. Ambos. Ambos intoleráveis. As bobagens que me fazem um bem danado. A foda que me faz um bem danado. Outra vez! Dava para pegar um anjinho por trás e faturá-lo. Tomar uns drinques com os gringos e falar do futebol de Maradona e

Caniggia. Eu podia dar um beijo na boca de Kēsava. Logo em seguida mandá-los todos para o inferno. Eu quis ficar sozinho e me arrependi. Às vezes eu acho que mereço o tamanho do céu que me foi dado. Maior é a certeza de que não tenho nada para dar em troca.

... bem, havia me esquecido de falar na doçura de Sandro, o devoto pedreiro. Pai de Natadji, casado com Eliane, que não era lá grande coisa.

Qual o Mal de a Mina?

Pois eu lhe digo que a garota participava de um destes grupos de danças típicas e usava sandálias de couro típicas – das que entrelaçam somente o dedão do pé. Foi pelo dedão do pé, poderia ter sido por um comercial do "Grupo Imagem", entrelaçado por uma pequena tira de couro, que eu me apaixonei.

Dançava feito perninha de compasso escolar em dia de avaliação da turma C, daqueles que precisam de um "reforço" no final do ano. Os cabelos compridos e o chicote de serafim[1] que eu não posso esquecer; ela usava um lenço de seda feito chavão no dedo anular e outro no desencontro das coisas que me contava, isto é, conhecera um Guru da Terceira Onda em Bombaim e temia pelo avanço do PT nas últimas eleições; ainda outro lenço de seda preso no tornozelo esgarçado e ao mesmo tempo deficiente pelo tecido e por nossas revelações, tratávamos, na medida certa, de acolhimentos e da confecção das larvas nos casulos e em todo o resto do corpo (mais estranhamentos e líquidos do sexo) – uma particularidade é a vergonha de olhar para um céu de estrelas – uma particularidade, eu disse que os esporões dos pés inchavam acompanhando os acordes das guitarras, ou seja, quando ela tomava a iniciativa à guisa de feitiço e das notas graves, os esporões,

---

1. Prefiro calar-me sobre o chicote de serafim.

se é que se pode particularizá-los todavia, abusavam da tesão e do cheiro do alecrim sem que a platéia de mulheres de ancas largas e filhos aloprados percebessem o que acontecia no palco do Lago Lindoya. Jandinho, meu caro. Se fosse comigo, sabe, eu me inteirava! Da natureza dos fixadores e das bases Marú. Das panturrilhas ungidas em óleo de papoula, luz do meio-dia, bicho-da-seda, tâmaras e damascos e, sobretudo, meu caro Jander, eu lhe digo: ungidas em óleo de conspiração, veja lá, óleo de conspiração em Dia de Natal! Ah, se fosse comigo! Eu não deixaria barato as quenturas e as danações de antes de dormir. As mulheres de ancas largas achavam aquilo tudo muito bonito. Eu integrado na comunidade armênia do Bom Retiro. A comunidade faturando com armarinhos e miudezas em geral. Foi quando ela me mandou tomar no cu: "Vai trabalhar, vagabundo!" Só porque eu pedi a dança do ventre. A garota queria saber de onde veio minha família. Ela achava que maltratar dois idiomas e comer umas gororobas diferentes, como ela e os pais comiam e falavam, era tradição, cultura e o caralho. As garotas armênias não têm nada a ver com a dança do ventre; legal, as nossas negrinhas, o preconceito é meu, e aí vale cotejar, não freqüentam regularmente o dentista e sofrem do analfabetismo diário do feijãozinho com arroz ("ela mais eu") engradados de cerveja e afins. De modo que a gente acaba misturando falta de postura e de educação com histórias de sucesso e armarinhos; desde a cor da pele, eu iria dizer entoada de beleza, e aí o inconsciente tropicalista quis pegar pesado, retiro, beleza é o escambau, um exercício de redundância, isto sim, mal lavado em sangue, swing e comiseração, compadre. Sai de mim, compadre. Não dá para ter esperança, isto é. "Ao longo do tempo...", foi o que eu disse para ela. Então qual o mal de a mina dar umas reboladas para mim? Como eu ia dizendo, desde a cor da pele que só se fez 'amerdear' por si mesma, até o sotaque chapado do comerciante varrido na 25 de Março por dois trombadinhas. Qual o mal de a

Mina? Umas reboladas? Hein? Armeniazinha... Ai, ai. Ela balançava dois peitões renascentistas. Os cabelos do sexo já eram de uma revista de sacanagem americana. Ou fios de cobre ainda quentes, pentelheira vermelha... se bem me lembro rolou uma igualzinha nos idos de 1977, quinta série C, turma aloprada (mães de ancas largas, etc.). Fiquei impressionadíssimo. Alguma coisa parecida com uma enrabação de sorvete de creme. Jandinho, você não faz idéia do que é o sorriso do papai "que nem cachorro, vai logo cheirando o cu do outro sem dizer 'bom dia, como está?'"

Que eu estou esvaziado. Daí as gratuidades, OK?

Digamos que eu acredito em corretores de seguros e aeromoças. Em túnicas indianas e nos anacletos da China milenária. Em garotas armênias e nos cantos dos aedos celtas. Em lubricidade e nos ensaios dos magos iranianos. Que eu não acredito nos irmãos Campos. Ah! Vida Minha! Bastaria um japonês moderninho para escrever "foda-se", é assim. Digamos que eu acredito no Zé Colméia. Hoje é a palavra pela palavra. A solidão da coisa feita. Ou a indisposição de freqüentar o casamento dos amigos. Eu lhe digo, embora não tenha nada a ver com esta viadagem de dizer "porque eu sou um artista e coisa e tal", eu lhe digo a mesma coisa que eu disse para a armeniazinha do Bom Retiro, sabe, meu amor, quem faz arte como eu serve a morte; morre várias vezes ao invés de viver uma vidinha de armarinhos; daí vem a demagogia e a comparação que eu sempre faço nesses casos: "que nem cachorro", sabe? Sem frescuras do tipo "Bom dia, como está?" Cheirando logo o cu da rapaziada. Se Michelangelo, para falar de um cara que todo mundo conhece, vivesse hoje e pudesse escolher, cheirava o cu da rapaziada e vice-versa. Au, au e estamos conversados. Depois ele iria cuidar de Davi e de Moisés. Que, bem verdade, são exemplos latentes, primeiro Moisés e depois Davi, da solidão da coisa feita. Do esvaziamento do qual eu havia me queixado há pouco, da indisposição de ir ao casamento dos amigos, de castigar mais uma bronha, etc... bem, daqui pra frente não vou a casamentos, quer dizer. Descobri Elis Regina cantando Aldir Blanc... e peço a Deus. Aliás, dou minha opinião. Caras do tipo de Arnaldo Antunes e de Renato Russo nunca foram gênios, poetas ou o caralho que se lhes faça atribuir. Quer dizer, não era bem isso o que eu queria dizer, ou pedir, e nem tampouco meter o bedelho.

Outra vez, vamos lá.

Eu peço a Deus. De modo que me digam, como as letras viram música; depois, como é que funciona essa história de namorar uma garota armênia de mãos dadas...?

Jandinho, eu disse para ela que namorar eu não queria. Que essa história de namorar é coisa de adolescente. Que se ela quisesse havia de ser do meu jeito. Nas apresentações, por exemplo: "Como vai, doutor Caldeira? Gostaria que o senhor conhecesse... minha amante!" Eia! Mas ela não quis.

Jandinho, cai fora.

Agora é para você, meu amor.

Sou capaz de matar por uma guimba manchada de batom. De ser um santo, quer dizer, o que eu tenho vontade mesmo é de ser garçom. De verdade mesmo eu tenho vontade é de cobri-la na porrada, de quebrar a sua cara e falar algumas coisas que você não vai compreender. Também dar uma volta de pedalinho no Lago Lindoya, minha branquela, e depois comprar uma maçã do amor para nós dois e mais um sorvete de flocos para mim. Pegar na sua mão e dizer que amo você.

Quero Lelé Feliz

Nem tanto interesse nem tanta distância. Interesse e distância pelas coisas. A inteligência pesa sobre as pálpebras e ela não se importa de conversar em pé. De um segundo para o outro a coisa é para valer. Ainda que não seja por nada. Desprezo é o contrário de afeto e de desprezo. Que aparentemente é redundância. Se fumasse seria uma fumante de classe. É que ela faz rodelas de fumaça com a conversa dos outros. Banalidades. Como dizer que ela é calma. Nada que lhe diga melhora o estado das coisas. Eu quero dizer, para as coisas. Porque ela está muito bem – eu me arrisco a supor que sim. Quem tem intimidades com uma gata? Nada que seja involuntário ou problemático. Eu sei que estou errado. Eu sei que estou certo. Sacanagem e tripudiação. Caixas de sapatos vazias, ela me disse. Mulheres como ela dão trabalho para abrir as pernas. Eu falo por mim. Depois é uma novidade sem importância. Se fumasse seria uma grande fumante, se fodesse seria uma grande foda, etc., etc. São detalhes que eu jamais deixaria passar. Mas ela reage: "E daí? Eu quis assim."

Eu falo por mim.

Já notei os ombros encolhidos e os pezinhos pisando para fora. Sinais obrigatórios – Por Deus! São defeitos! – para desafiá-la... Ah, pezinhos preciosos, a sétima chave do coração... Bem, vamos em frente. Para ela o meu talento é dispensável. A droga da minha experiência só atrapalha: "Você disse sétima chave?" Paixão e amor desmedidos.

Como deseja a Lelé. A rigor um conflito por demais original e desnecessário para se explicar. Não fosse o jeitinho indolente e premeditado com que a menina Lelé ergueu os óculos escuros para melhor enxergar e fez o "em nome do pai e coisa e tal" para logo em seguida mirar o meu umbigo e dessacralizá-lo nas profundezas da mais ingênua e frágil consciência psíquica e pré-natal: "Para ter a mamãezinha aqui, vai ter de perder uns quilinhos." Ou: "Ih! O idiota do meu noivo chegou!" Chegou o idiota e a levou do nosso primeiro encontro. De tarde ensaiei algumas respostas para o pai da Lelé. Ela estava apaixonada por mim:

– O senhor quer saber com o que eu "mexo"? Com a sua filha, naturalmente. Falando sério? Quer dizer... eu vivo de pequenas fraudes e de golpezinhos inconseqüentes. Nada que possa privar a Lelé da minha companhia por mais de dois meses metido na cadeia.

Depois para o irmão:

– Tatuagem? Ah! É como ir ao boteco e pedir uma geladinha. Você não freqüenta botecos? Bem... eu estou pensando em fazer um siri na virilha da sua irmã. Umas trepadinhas diferentes e coisa e tal.

Eia! Galope! Galope!

O irmão vende seguros com o pai.

Eles não sabem a Eva que têm dentro de casa. Caramba! O encanto e o desencanto desta menina. Com ela eu não consigo passar de generalidades. No segundo encontro ela inventou uma desculpa qualquer para não me querer. Mais tarde, no corredor, ela fez questão de esperar por mim para dizer até breve como se fosse "agora se vire com as generalidades que *eu também* estou confusa". Pensei na vida doméstica depois de quatro anos. A mãe desaparecida. A arte do sumiço ou a arte do desencontro? O amor antes do amor. Tantas bobagens que até parece brincadeira dizer que não acertamos um encontro. É melhor acreditar numa coincidência e deixar as coisas para Oxalá.

Da mistura de que a Lelé foi feita é uma pena que a herança do pai, distante felicidade peninsular, esteja por um fio: "Conhece a Radial Leste?" A cidade de São Paulo e o pai da Lelé têm ambos uma remota e cruel geografia de si mesmos. Do que não sabem. Do que não são: "Fica na rua dos Trilhos, quinze minutinhos da Radial." Ele já foi sócio de um escritório de picaretagem na zona cerealista do Brás. Até o dinheiro mudar. Aí teve de aceitar um emprego na companhia de seguros e levou o filho, químico desempregado, para trabalhar com ele. O tempo foi se passando e os golpes de outrora foram substituídos pela política de produção da empresa. Giggio, o pai da Lelé, me disse que "nesta porra de política do caralho" os mais eficientes e produtivos e, sobretudo, os mais "caxias" e "este aí" (referindo-se ao filho, o gordinho) são os que mais crescem na empresa. Os mais veados no final de cada quinzena, vale dizer. A companhia de seguros e todos os segurados de todas as seguradoras "porque um dia todos vão ter seguro" – menos eu, tá certo, gordinho? – ejaculam incondicionalmente sem tesão na cidade também estéril e os caras acabam enfiando o dedo no cu. Às vezes pagam travestis e financiam causas sadomasoquistas e ecológicas... como é o caso do gordinho.

Dá enjôo só de pensar no gordinho falando de seguros comigo e nos ensinando, a mim e ao velho degenerado, as novas manhas do Windows 95. É evidente: o negócio do gordinho é caralho. Ah, Lelé. Eu faço qualquer coisa por nosso amor. Você duvida? De uma hora para outra o seu irmão vai ser enrabado. Meto-lhe baga no meio das pregas para ele calar a boca de uma vez por todas. Ele vai se apaixonar por mim e eu uso de chantagem. É mais ou menos assim que funciona. A mãe é mulata das Alagoas e veio criança para o sul. Coisa de hormônio, parece um sapo. Tem mania de achar que eu, bacharel, sei do que ela fala. Um monte de bobagens.

Lelé não tem nada a ver com essa gente.

Sabe de uma coisa, Lelé? Eu vou sentir sua falta. Portanto eu faço um pedido para o idiota que vai comê-la antes de mim.

Idiota:

— Cuida bem da Lelé. Minha mulherzinha. Serviço completo, você me compreende? Até ela gritar pela Rosely. Você ainda vai conhecer a Rosely. Experimente a vodca "Sputnic"! Faz isso por mim, tá? Eu quero a Lelé feliz. Se fosse comigo... bem, se eu estivesse no seu lugar, eu e ela nos divertiríamos um bocado com os cornos e com todas as pequenas tesões que tanto o apavoram. De vez em quando ela gosta de levar umas bolachas. Mas é para enfiar a mão, entende? Você é um idiota, não é?... Então... Um dia a Lelé vai se dar conta da merda de felicidade que teve ao seu lado e voltará para mim. Virgenzinha, como ela é.

Minha Querida Luciana,

Às vezes fica por conta da ejaculação. É um bicho doido que não tem cabimento em se tratando do degenerado impraticável que um dia, mãezinha, você ainda vai ter de encarar. Upa! Sou eu mesmo, minha querida. Seja pela frente ou por trás. E você? Ainda é a mesma colegial que morre de tesão pelo pai?
Depois volta tudo ao normal.
Primeiro vem o arrependimento, incomplacente, dono de si e de todo o resto, mais tarde já dá para escolher. Então eu faço o jogo do meio arrependido. Taí, é um jogo de bate-e-volta. Uma fraude muito comum, a bem-dizer. Todavia as coisas do nosso amor não são fáceis... é que Deus – eu falo muito em Deus! – sobretudo no segundo caso, trata de tocar um bronha para mim. Eu chamo de meu bom instinto enquanto não tenho o seu amor feito uma pá de lixo para limpar as migalhas de cocô que caem ao redor da mesa. Eu nem ligo para o rango. Mas sei quando se trata de uma lambança pusilânime e também sei que determinadas banalidades e pequenas esquizofrenias não ficam bem na boca de qualquer imbecil, sobretudo na boca de um imbecil rematado como o seu pai. Por exemplo, ele me disse que Deus e o amor não existem. Minha querida, eu tenho a boca cheia de merda e o coração cheio de amor por você. Mas o seu pai mistura as coisas. O amor é merda. Deus é ele.

E nós dois? Como é que ficamos, hein?

Quem tem um destino de sabugo como eu deve responder na mesma moeda. Esquecer de ser feliz é uma felicidade etc., etc. As ereções diminuem na justa medida da realidade e eu posso falar de você como se fosse uma orquídea falando de uma samambaia. Portanto desconfie quando eu falar em amor e, por extensão, desconfie do amor em si mesmo. Não é preciso aceitar a verdade e coisa e tal. Dê um trato legal na xoxota, minha querida. É um bom começo para nós dois. O destino que temos em comum. A culpa, entretanto, eu finjo que é sua. O que não quer dizer que o seu pai ou qualquer outra mulher não possam porventura fazê-la feliz – isto é, fazê-la gozar feito a mulherzinha da história. Não há como escapar, é a parte que lhe cabe, afinal. Quem disse que você gosta de mulheres? Hein? Aposto que não vai dar certo. O amor boboca entre mulheres. As creches comunitárias. Mas às vezes você crê, não é? Quimeras sexuais. Na base da pudicícia, ou melhor dizendo, das sacanagens permitidas (A língua e os buracos do seu corpo poderiam ser melhor aproveitados. Coisa que você não precisa saber) e da ignorância em geral, fica mais familiar administrar as tesões recolhidas... para que complicar as coisas, não é? "Eu quero casar na igreja, eu quero sim." Ah! Luciana, eu a conheço tão bem... Seus interesses são de cadela e o seu pai atrapalha um bocado. Tenha isso sempre à mão e dispense os alcoviteiros e os áulicos que quebram os seus galhos sentimentais durante a noite. Senão, vejamos: quem são esses veados que telefonam para você de madrugada? Bem, vamos generalizar. As chances de acertar são maiores e se não der certo, Luciana, foi por culpa da generalização: esses veados só querem saber de levar no rabo. Para eles não importa quem os enraba e nem tampouco o horário em que são enrabados, lamento decepcioná-la jogando bosta nas conversas de madrugada ao telefone. Mas fique você sabendo que a caixinha desses putos está garantida. E tem mais. Que porra de ingenuidade é essa? Você é uma cadela que não vive nos anos dourados! Muito bem feito, aliás. Tá legal. As empregadas são tratadas como gente lá na sua casa. Eu acrescento: a simpatia é o melhor disfarce para mulheres não assumidas como você. Suas crises são estrume. Basta uma frase bem feita ou a medíocre consciência da superioridade e de poder humilhar quem a deseja e... Pare! Humilhar a quem? O manobrista da boate? Mas é exatamente aí que você se segura e é melhor do que os outros. Lamento decepcioná-la outra vez. "Eu trato as pessoas como gente." Luciana, por favor, não me diga novamente que as empregadas são "da família" que eu também não lhe direi que a segurança da qual você tanto se orgulha é proveniente do seu ego cocozinho. Vale repetir: ego cocozinho. Au, au. Minha amada. Eu também me interesso por seu dinheiro. Cadelinha sentimental que chora no escuro do cinema, sonhadora e boazinha. Desconfio que as coisas se resolverão quando um cara enfiar uma piroca bem no meio do seu cu. Todavia você jamais desconfiará que o sujeito fez tudo premeditado, porque no amor, como você entende, não cabem más intenções. Tampouco tarados como eu. Au, au, pela segunda vez. Portanto "essa gente" que tanto lhe aborrece nunca vai largar do seu pé. É verdade a história do bistrô na Córsega? Grande muambeiro o seu pai, hein? "A Maria é como se fosse da família." Suponhamos que você não tivesse a grana que lhe cai tão bem... Quer dizer, eu a amaria do mesmo jeito, fodendo pela frente – embora você achasse minha barriga indecente e os meus testículos demasiadamente extrovertidos e rosados e se recusasse a dar uma foda legal comigo... Pensando bem, por que não sodomizá-la de tanto amor e generosidade? Uma única vez. Depois de descascar suas pregas eu continuaria amando você a contragosto, pela frente, sonhando com a feitura do "detrás" por mais uma vezinha só.

Um enfado para mim, e tal, minha querida. De qualquer modo, Luciana, você jamais vai aprender a trepar, é coisa certa. Na seqüência eu a imagino catando milho no aeroporto, vindo às pressas da ala internacional. Luciana, a mulher alta. De preto. Desde a calça de couro até as botas Harley estradeiras. Bundinha de caubói e filho morto: "A chilena, amiga do Zé Pedro", você e os seus amigos me enchem o saco, sabia? Uau! Luciana, minha tesão... (mãe? eu estou aqui, coberto de flores) exuberante cadela no cio. Impraticável. Do aeroporto direto para o velório. Tapete raro que as amigas cobiçam: "Estávamos em Montparnasse e descobrimos um lugarzinho encantador."

Para que foder, não é?

E depois você esquece das coisas com facilidade e não tem saco para conversas chatas. Não ia dar certo... por causa do meu amor. Mais uma coisinha: os pêlos compridos de sua canela são assustadores.

Tudo bem, você não me quer. E a nossa filha, como fica? Ela chamou a MÃE, três vezes seguidas durante a noite – acalmei a menina até onde ela quis. Você bem sabe, ela quer conhecê-la.

"Você é doente?"

E você, Luciana? Fez administração na FAAP?

Parece comigo quando criança e com você há poucos e bons anos guardados na memória. Em seguidas ocasiões somos os pais da menina e, definitivamente, não fazemos uma família. Em face da nossa ausência eu fico entre a covardia de recusar uma convivência trivial e o sonho não menos estéril de conferir demasiada importância ao que não existe, sou obrigado a repetir: eu não me convenço conosco. Por que você não pede uma grana emprestada para o seu pai? Diz que é para uma viagem, sei lá. Estou na reserva. Nossa filha tem um bonito nome. Eu a chamo pela intenção da mulher antes de virar uma puta egoísta; e isto pede um acabamento delicado, deixo para você e os seus esta tarefa, vocês

saberão, com graça e comprometimento – aliás, até para atender o telefone vocês são assim – encontrar algo melhor do que um nome para dar à nossa querida filha. Eu ensino a menina. Ela tem a tristeza arregimentada no olhar. Olhos Castanhos. Lindos. Grandes. Inexpressivos. Tamanha é a tristeza, Luciana.
    A menina precisa de você.
    A menina precisa de você?
    A cada dia o olhar fica mais triste e bonito. Tive vontade de pintar as pálpebras da menina com o seu lápis preto. Mas achei que devia esperá-la. Quis cegar a menina. Mas achei que devia esperá-la. O tempo fará por nós, fique tranqüila. Não devemos nos antecipar. É o fechar enternecido dos olhos castanhos.
    "Eu tenho iniciativa, viu?"
    Do pai ela vai lembrar e chorar. Defendê-lo depois da tempestade. Diferente do que se passa entre você e o seu pai. A crença dela me basta. Se depender de mim a menina estudará em escola pública. Irá amá-la também. Mãe e filha serão surradas depois do parto: inchadas, feias e luminosas. Acho que eu não suportaria o sorriso esgotado e o reclamo de descanso do seu corpo. A roupa de cama limpa e a piedade emprestada do crucifixo. Você novamente e a enfermeira apressada. Não quero vê-las. Prefiro esperá-las noutro lugar para dar à luz e também para evitar os comentários do seu pai. Para o inferno ele, a política de juros altos do governo e o maldito plano de saúde que eu não paguei.
    Mãe,
    Luciana quer a filha. Quer que eu a deixe em paz. Consola como você. Tenho a certeza indesejada e doente de enganar a todos. Não quero enganá-las novamente. E quando eu chegar – como das outras vezes – de mãos vazias? E quando eu disser que perdi a menina?
    Ora, eu que me vire, não é?

Luciana,

Temos uma filha que nos acompanha e que, mesmo deixando de nascer, tem pai e mãe. Uma vida de criança, de moça e de mulher que ninguém sabe.

"A menina fica com a babá."

Foi só falar em faxineiras, cozinheiras, babás e domésticas em geral que o seu pai começou a dilatar (eu tenho seu pai como um umbigão), ele começou a dilatar e a debochar do resto do corpo. Segundo ele mesmo, um amontoado de lixo histórico: "Escuta aqui, meu filho. Temos um escritório de consultoria em Brasília." Bem, eu ainda tentei. Insisti. Falei das suas qualidades. Aí ele mudou de assunto e disse que eu não servia para você. Tampouco para ele. O umbigão do seu pai jurava que eu era de esquerda. Imagine só, Luciana. De esquerda! Você e o seu pai formam um casal muito divertido... e contam com uma equipe de guarda-costas de primeira. Depois o fodido quis saber onde a filha dele havia me conhecido. Eu sugeri que perguntasse a você e o mandei tomar no cu.

– Umbigo leva no rabo, doutor? – foi assim que encerramos a "entrevista".

"Sabe, pai. É um débil mental. Primeiro ele disse que me amava (risos, muitos risos, gargalhadas). Depois falou que tinha uma filha comigo. Pode? O que o senhor acha? Completamente imbecil. Metido a engraçadinho e a mandar os outros tomar no... sabe? Ele também mandou o senhor? Deixa prá lá. Quinta-feira tem um almoço agendado com os atacadistas de São Paulo."

Luciana,

Eu ainda penso que podemos ser felizes. Sem amor, minha querida. Sem amor e com o dinheiro do sacana do seu pai.

Um beijo,
do Marcelo.

Edifício Maria Luiza

A arquitetura dos anos cinqüenta, uma bola de flocos, e começo dos sessenta, outra de pistache, depois de quarenta anos – definitivamente, é uma foda impraticável: "Qualquer ônibus da Viação Sorria faz a linha e deixa você bem ali, na divisa" – entre Santos e São Vicente.

As chaves da kitchenette estão com a zeladora.

Como se além das muitas chaves a kitchenette guardasse importâncias "móbiles" e armários embutidos e sem as quais as oportunidades do mundo eletrodoméstico, a semelhança da espécie e o apreço dos vizinhos estariam liquidados. Com efeito são necessários desprendimento e uma dose abusada e ignorante de compaixão para crer na existência do sofá-cama – que faz parte e cabe dentro de vinte e oito metros quadrados muito bem distribuídos e com a opção de um prolongamento infinito de crendices da zeladora: "Porque você sabe como essa gente é." Já como possuidor "das chaves" eu noto que a maledicência fortuita e inexpressiva da qual me servi (aliás, eu insisto: apesar de tudo, faz jus à construção) se transforma em resignação não consentida, ou por outra, as histórias do avô funcionário aposentado do Banco Martinelli são as mesmas histórias vividas e rejeitadas pelo neto campeão de judô e de cujas irrelevâncias, lugares-comuns, serviços prestados e porrinhas afins eu, de antemão, fazendo o mesmo jogo do neto e do avô, procuro me afastar; entretanto, item por item, escancarados no meu nariz, estão ali, no hall do Maria Luiza, sobre a mesa de fórmica verde-claro, onde a zeladora, a começar por si mesma, desarruma e emporcalha o sentido das coisas; a contabilizar, modeladores e tinturas Enê-Marú, duas guimbas do pior "Continental" embebidas num chumaço de algodão recentemente ensangüentado (decerto produto do escorrimento vaginal de alguma freguesa: a zeladora faz curas espirituais, é manicure e trata de "coisas de mulher". Vale uma ereção incontinente), acetona, demais artigos da linha Marú e, sobretudo, daí vem a resignação não consentida, novamente ela, a zeladora e o seu destino, igualmente fodido e impraticável: "É assim desde 56, quando eu cheguei." Edifício Maria Luiza: "Não sei do seu gosto, mas fornecemos (ela e ela mesmo) marmitas para fora e para moradores também... comida caseira, sabe como é, etc." de mais a mais – era como se ela falasse: "a Mata Atlântica invade a área-de-serviço, o moço não repare."

Das primeiras imagens até os dias de hoje – Naus Portuguesas chegam num filme preto-e-branco, repetidamente, no decorrer de duas semanas (assim estabelece o horário da terceira série "b") sempre às quartas-feiras, às 16h40, na aula experimental de cinema, não lembro se em 1975 ou 1976. A imagem e o som registram, em si mesmos, o primeiro curta-metragem narcisista da primeira crise de maleita. O filme é o país visto da área-de-serviço, redescoberto e mal interpretado feito as roupas estendidas nos varais do morro de São Bento: "Existem firmas especializadas em reforma de fachadas." É bem verdade, a evolução não é um castigo para qualquer um... para qualquer país também não. O descuido segue adiante, fios de cabelos mal tingidos às vezes vermelho-amarelados chamam-se Mata Atlântica e a comida é caseira, sabe moço. Salões de Beleza Unissex vicejam por aqui e eu imploro o amor de um bolinho de bacalhau... alguns dias no Maria Luiza sem uma fêmea, tampouco comigo mesmo – o que é mais grave. Sequer a companhia de duas japonesas raspadinhas – de uma só vez! Gordo às vezes magro. Passageiro da Auto-Viação Sorria Ltda., sou é nada. A mulher escreve poesias ao meu lado. EU? O que eu faço? Bem, eu sou o sobrinho do Sr. DZ... vim passar uns dias por aqui. A zeladora interrompe e oferece a vagina de quarenta anos atrás. Aí eu sacaneio pra valer. Sacanagem de primeira qualidade, é bom anotar: "A comida é limpinha?" Ou seja, é de um lugar infame para tomar uns tragos e fumar uma bomba e mais outra metade: é do que preciso para mentir, a contragosto, como convém. Do mundo dos Caubóis falando baixinho para ninguém ouvir: sou um escritor dos bons, todavia. Também um pechincheiro compulsório que não ama ninguém. Somente quem *não ama* pechincha. Louco por uma *lingerie* e para ser chamado de machista. Na verdade, para melhor informá-la, eu faço um levantamento entomológico nas encostas do Santa Teresa, comecei este trabalho copioso na Juréia e pretendo catalogar uma porrada de insetos e de posições ginecológicas em desuso, a sra. me entende? Depois das dez a zeladora se recolhe ("Eu me recolho depois das dez") e a chave da portaria é entregue ao inquilino do trinta e seis.

– Outra coisa, sr. 36.

Os hábitos dos poucos moradores do Maria Luiza são iluminados pelo inquilino do trinta e seis (para ele sou um adestrador de cães), vale dizer, quando chego do canil, segundo a intenção do sr. 36, a minha prioridade é atender às determinações da zeladora e pesquisar as instalações elétricas e hidráulicas do Maria Luiza. Fui aconselhado alhures a não pagar o aluguel e esperar o despejo. Embora eu tentasse convencê-lo de que eram apenas dois fins-de-semana, ele disse que, ao contrário, eu fazia parte do Maria Luiza (em princípio duvidei das gargalhadas). Quanto às taxas de água e luz bem como a manutenção do elevador e demais despesas – apontou para o alto: "São de responsabilidade do velho Abujamra, lá de cima. O velho não se importa com a duração dos banhos e nem tampouco com os gastos dos refletores." – e completou: "A zeladora, bem, eu a considero uma adversária inspiradora de disputas esclarecedoras e, sobretudo, eu creio que ela me é grata pelo carinho e dedicação que eu lhe proporciono na demanda da tortura. Dá para ir a pé na The Pink Panther. Dá para se divertir um bocado." Grande f.d.p., o senhor trinta e seis.

– Dá para ir a pé? É uma boate?

No almoxarifado do embuste algumas camisinhas e cigarros indianos: a vaselina e o fumo desta combinação são para brincar de aleijado mal caráter na The Pink: "Me paga uma 'dosa', gato?" Em suma, qualquer coisa é melhor do que uma vagina mal usada que se queixa da composição organizacional da empresa... e não sabe do próprio cheiro. Eu pago uma "dosa". – E você? Dá uma pegadinha no meu pau? – Entrementes, sonho com o amor de Clémence, médica francesa, desviada de uma festa no Caesar Park de Ipanema para a praia do José Menino, que especialmente veio me conhecer. Meia-noite tem strip na The Pink... (as francesas, segundo os velhos putanheiros, trouxeram a chupetinha para o nosso país na década de vinte... Clémence, *connaisseuse*, vai demonstrar como se derrete o pau de um xucro, setenta anos depois). Taí, Clémence, eu lhe ofereço uma "dosa" da porra do meu país como souvenir: "Ai, gato. Assim você mancha meu vestido." – Quem mandou tirar o pau da boca? Hein? – "Eu sou a Michele com dois 'eli'. Vê se me respeita, tá?" – Eia! Você disse porcalhão?! Gozei. Michele com dois "eli" e Clémence são respectivamente o meu escárnio e desvario de cuja promessa feita a mim mesmo é, antes de tudo, chegar mais perto de Deus e jamais pechinchar em se tratando de sexo oral. Só quem não ama pechincha, etc.

No começo eu trouxe comigo a vocação, ou pelo menos estava muito bem intencionado (Michele queria beijar na boca, e me chamou de coronel), a vocação ou a intenção, não interessa, de ser um sacerdote franciscano na Chapada Diamantina. Do tipo que passa as manhãs a escrever a melhor literatura. Depois do almoço idem e a regular o carburador da Rural eclesiástica ano 66. Às dezoito horas soltaria o demônio em cima dos fiéis. Depois pediria perdão e estaria pronto para ser gigolô de uma mulher que não existe... isto é, a vocação e a intenção, etc. Ora! Para a Merda! Daqui a dois ou três dias um boçalzinho educado para trair a si mesmo vai gritar comigo e eu, dentro da passividade e da misericórdia que me é de praxe, o mandarei à merda ou a qualquer lugaroutro em que ele, o bucetão da mulher dele e os filhos acham "o máximo" passar o fim-de-semana... (contando o meu dinheirinho) – são dez, vinte, trinta, quarenta, cinqüenta e cinco réis e dez, vinte, trinta e cinco centavos. Mais algum bolinho de bacalhau, tragos virtuais, lumpesinato à miúda, cigarros de menta para apagar na linha de tiro da mijada e mais alguma coisa e outra e eu vomito de uma só vez toda essa literatura que não larga do meu pé. Depois de eu ter subido a serra a zeladora vai receber a carta de amor que merece... é a vingança, é de se apavorar consigo mesmo, por instantes. Até a festinha no trinta e seis? Daqui a trinta e poucos anos? São três e meia da madrugada e eu atravesso a avenida da praia pensando que o merda do travesti é mulher. Se não fosse tão longe daria o meu colete ao pobre coitado que morre de frio debaixo do trailer-lanchonete... mentira! Que morra de frio o f.d.p.! São poucos metros e daqui para frente – foda-se. Chuto o que aparecer no meu caminho... gostaria de encontrar mamãe e chutá-la e chutá-la para que ela entendesse de uma vez por todas o que é sair do sério. Todavia mamãe jamais me daria uma chance: "Bom dia." – foi o que a zeladora disse quando eu cheguei. Depois falou alguma coisa parecida com "nós gostamos de você" ou "precisando é só chamar lá em casa".

Antes do sofá-cama eu insisti para mim mesmo: mamãe jamais me daria uma chance. Outra vez: mamãe jamais me daria uma chance. Até acordar de tardezinha. Deus! Meu Deus! De que chance eu duvidei?

Longe da Terra

Francizco Gasset, ou Cabeza de Vaca, o impetuoso, é o autor do manuscrito encontrado nos arquivos do Museu Ultramarino da cidade de Santa Teresa do Bom Tempo. O documento, datado de 1546, atesta parte significativa da versão 'cosida' no início do século dezoito por missionários da Companhia de Jesus. Segundo a tese dos Jesuítas o manuscrito fora elaborado cautelosamente por Cabeza de Vaca com o intuito de facilitar a interpretação descuidada e até mesmo de induzir ao erro na avaliação de datas e na coincidência de fatos, julgados pelos próprios missionários, implausíveis e desconexos. Ressalvados pelos jesuítas o naufrágio ocorrido no ano de 1542 e a passagem enternecedora juntamente com os indígenas, as aventuras do explorador espanhol, em justíssimo tempo, devem ser conhecidas como quis Cabeza de Vaca, "sin medidas", ou seja, excluindo-se a prudência demasiada de outrora e, sobretudo, restabelecendo-se "fieles a la falta" a impetuosidade do espírito de Cabeza de Vaca, ainda que, para tanto, à guisa do explorador, tenhamos que levar a interpretação e o julgamento dos fatos às últimas conseqüências. Até o fim, Cabeza de Vaca, o impetuoso, perseguira a largueza dos horizontes.

Olhando do alto, longe da terra, o azul da televisão é a primeira imagem conseguida desde o dia em que Cabeza de Vaca deixou o Golfo da Flórida em busca de uns trapos para se cobrir. Quanto à marcha empreendida ao longo de dez anos e a versão negra dos colonizadores, por hora, pouco se nos faz. De modo que eu não sei bem o porquê da programação evangélica às cinco da manhã. Nem tampouco o que dizer sobre eventuais chuviscos e defeitos na recepção da parabólica. Cabeza de Vaca lamentou o desfazimento da palavra Marés. Não é da cor azul, em conseqüência. Ângelus, outrora Cabeza de Vaca, se distancia da terra e do momento que precede o beijo, cujo hálito oferecido e o magnetismo, é bom entender, são exclusividades da espécie humana. A nudez de Ângelus, olhando do alto, fora encoberta pela copa do paraíso. Do alto, está claro? Para ele as águas do mar não ficaram marrons e humanas no final da tarde e nada poderia ser comparado à arbitrariedade das nuvens quando expandiam o sentimento aberto e distante da praia para um final menos dolorido do que o seu; ao contrário da paisagem, era solicitado por um céu de areia escura que a todo instante se desprendia sobre ele como que por uma obrigação diabólica e localizada. Ou seria o caso de dizer que ele possuía uma paisagem? Com efeito, o céu o inventava com o mesmo material de que eram feitos os anjos antes de sua chegada. Um final de tarde?

Ah! Esses caras! Gilgamesh, por exemplo: leia-se Ângelus ou Cabeza de Vaca (o jogo é este, bom antecipar). Lembra de Ulthapishtin? Lembra, Gil? O homem que sobreviveu ao dilúvio... é aquele mesmo. O careta o espera para lhe contar novamente como se tornou imortal. A montanha de Cedro fica na Cidade Ocian. Se liga, rei de Uruk! Desde há cinco mil anos. Gilgamesh, meu velho.

Começava o outono e a praia mal gerida pela natureza do explorador, bem como a morte depois da morte, em nada o surpreendia. O céu se esvaziava de areia. Domingo é dia de macarronada e de televisão. Um beijo de cigarro e Uma tristeza de anjo infinita. Não pertencer. O contrário de não saber. E não explicar o porquê. Longe da terra, assim é quando a gente conhece pela primeira vez a língua da fumante. A terra é pequena e redonda lá de cima. É a impressão perdida. É o beijo não dado. De que se tem notícia. Ambos, enfim.

Lá embaixo, encoberto pela neblina, o lugar-comum.

É praxe, sobretudo nos primeiros dias, jogar palitinho, beber cachaça e conversar fiado com os anjos. Assim é quando a gente morre. Também é morrer para os outros. À procura de amor. Sem dinheiro.

Uma praga definitiva a que chamam liberdade. Ou a queda presumida por Cabeza de Vaca. Embora ainda lhe coubesse um terço da praia como lhe cabia uma fração desprezível do infinito. O inferno, desprotegido refúgio do infinito: é azul. Que fique esclarecido de uma vez por todas. Cabeza de Vaca, meu velho.

Bem, a ligação é a cobrar. Ela manda um beijo pelo telefone. Devolvo com um "igualmente" (é coisa minha, entende?). Idiotice de encher a boca de saliva. Eu cá feito sapo-boi jurisconsulto. Ai, droga. As palavras fora do lugar. Outra vez, outra vez. Lá vou eu, cuspindo sofismas para convencê-la. "Mau gosto" – está me ouvindo? – "Mau gosto não se discute. Gosto, sim." Tem mais! Tem mais!

Longe da terra. Louco para dar uma satisfação. Não é, dona Silene? Secretária do Dr. Alceu. Olha! Olha pra mim! Veja como eu sou esperto, viu? De um minuto para o outro posso ficar rico. No outro minuto poderíamos ser amantes. Que tal? Maria Odete? Não se esqueça, eu participo do negócio.

Quer dizer, dona Silene.

I – Delírio Quinhentista de Cabeza de Vaca

A população de lêvedo espumava e crescia nos minúsculos bares da praia, tinha a consciência, ou melhor, a confiança num genocídio cada vez que os barris de cerveja (moravam nos barris (...) Cabeza de Vaca sublinha este trecho) transbordavam. Não obstante a fermentação, quando tudo parecia perdido, o movimento das marés fazia com que eles esquecessem a fúria e respirassem (e se amassem uns aos outros (...) novamente a interferência de Cabeza de Vaca) para que imediatamente depois, excitados pela fertilização e pela mesma maré que há pouco os salvara, retomassem a intenção do afogamento nos bares fermentados e superlotados da praia. Eu diria que habitantes descomprometidos ocupavam as entradas borbulhantes da areia, talvez até os comparasse às borboletas coloridas que são negociadas nos postos de gasolina e não gostasse da comparação (...) talvez, como bem sublinhou Cabeza de Vaca, lhes ocorresse a palavra PAZ feito uma comparação.

II – Organismos Inócuos e Primitivos Atravessando Os Séculos À Procura de Emprego Nos Classificados do Jornal

Cabeza de Vaca ainda permanecia absorto na recente negativa da morte e na inverossimilhança que se lhe havia sido determinada pelos habitantes dos barris de cerveja, então, antes que a espuma do improvável o afogasse, imaginou o que seria dele se tivesse podido morrer e encontrado outro povo diferente daquele que exaustivamente pedia seu afogamento, e também, como um sonhador que atua sobre o próprio sonho, esqueceu de si e de que sua imaginação era expressa e promiscuamente reproduzida no bar superlotado da praia. Não foi o bastante.

As imagens eram distorcidas à exaustão: "A profissional de RH vai reorientá-lo." Eu não questiono dona Lúcia: pergunto por ela. Quem é dona Lúcia? "Por favor, aguarde sua vez." Quem é dona Lúcia? "A profissional de RH vai reorientá-lo." Quem é dona Lúcia? "A profissional vai reorientá-lo." Quem é dona Lúcia? "Recursos Humanos, rapaz." Olha pra mim! Olha!

O exercício inconseqüente da morte e da vida lembrava a

disputa indefinida de um carrossel eterno, lembrava cavalos malsucedidos e crianças enganadas. Enfim, a ordem circular das coisas. O ensejo de algo lamentável e brilhante. A história dos homens. Antes porém de qualquer oferta vem a generosidade, que é mais do que uma oferta. A generosidade de quem aceita as mais ignóbeis tripudiações e sabe por que as aceita:

– Vocês estão certos, eu sou infeliz. Mas isto não é nada em razão do que eu tenho para lhes contar.

Depois de preencher a ficha, Cabeza de Vaca quis saber quando sairia o resultado da "entrevista".

III – A Solidão da Espécie Humana

"Você não bebe? Nem uma cervejinha?"
Quer dizer, dona Silene. Apenas socialmente, né?
– Deus! Meu Deus! Dai-me a terra dos homens (primavera febril de 2980 a. C. Baixa Mesopotâmia, entre os rios Tigre e Eufrates).

Deus partiu o mundo de areia nos dentes. Resistir no mundo de areia era reviver a maldição intentada contra o diabo e ser expulso do paraíso pela segunda vez. Deus arrumou um jeito de provocá-lo (ao diabo). De lembrá-lo novamente da queda infinita a que foi condenado (o diabo). A provocação. A lembrança, portanto.

"Tu és a esperança de todas as extremidades da terra e daqueles que estão longe sobre o mar." A vontade era de enfiar o dedo no cu e chorar feito criança. Deus também foi capaz de criar um ser à imagem e semelhança – do diabo. Um anjo semi-analfabeto abençoado pela maldição e pela redenção. O Aleph, de Borges, que outrora habitava um porão nas cercanias de Buenos Aires e que se escondia covardemente dos ignorantes. É evidente que Ângelus sabia do que se tratava.

– Deus! Meu Deus! Dai-me o amor da mulher (Outono de 1549, fazia frio naquela manhã).

Provocado por Deus ele teve a extensão da praia e do mar silencioso agindo sobre si. Parecia tudo determinado, devidamente resolvido como se todos os aviões e sanduíches de lingüiça calabresa fossem filhos da virgem que velejava com a mesma desenvoltura que andava de ônibus e fazia croquetes de areia no Largo de Santa Cecília, isto é, seu pensamento glorioso era maior e mais devorador do que todos os pensamentos e todas as glórias dos filhos do mundo. Daí, para ele, um avião ter o mesmo sabor, a mesma esperança e a mesma velocidade de um sanduíche de lingüiça calabresa – uma faculdade de graça, de iluminação e de inaptidão absolutas, a faculdade de falar com Deus. Sobretudo de não saber ouvi-lo. E a mais ninguém: "O quê? Você não bebe?"

– Deus! Meu Deus! Dai-me um dinheirinho também. Que eu não me lembro da primeira vez que vi o arco-íris. Que eu não tenho histórias para contar a uma criança. Que eu não tenho mãos para segurá-la! Deus! Meu Deus! Que eu não estou nem aí para o verbo. Que eu não estou nem aí para a melhor posição de foder! (25 de julho de 1996. Para jogar tudo muito longe de mim. Antes do tempo, como eu sempre fiz. Por isso me chamam Cabeza de Vaca).

IV – Agonia Ocasional de Cabeza de Vaca

Daí que os missionários da Companhia de Jesus desacreditaram e acharam por bem desqualificar o lirismo e as mais preciosas jeremiadas do nosso impetuoso autor. Daí que o diretor do Museu Ultramarino da cidade de Santa Teresa do Bom Tempo, ex-secretário de patrimônio da Universidade de Coimbra, declarou que o achado deveu-se graças à sua empresa no sentido de "interferir firmemente" no projeto de modernização do museu "há muito precisado (...) não fosse o empenho da nossa equipe o Ultramarino estaria esquecido até hoje, etc., etc." Bem, é evidente que a história não poderia terminar assim. O diretor do museu, depois de ameaçar destruir o manuscrito, convenceu o conselho deliberativo e foi readmitido no seu antigo posto na Universidade de Coimbra. Levou consigo dona Eugênia. Se dependesse de Cabeza de Vaca, o impetuoso, isto é, eu falo por mim, o diretor apodreceria naquela cidadezinha do caralho junto com o manuscrito e com dona Eugênia. Porque o bundão não teria coragem de destruí-lo. Eu aposto que não: "Ah! O homem bem poderia destruir o manuscrito, poderia sim."

— Ora, dona Silene. Era só escrever outro.

Ela não acreditou.

Henry e Ele: Sobre o que Falavam em Janeiro de 1972?

para Henry Miller

À medida que o uísque tratava de amaciá-la, a voz de Henry, sobretudo no frêmito dos agudos, denotava uma virilidade desconcertante e familiar. De modo que ele sabia como enquadrar os cubos de gelo e os seus dedos médio e anular, alterando a função, também sabiam das coisas do uísque e de sacanagens muito bem postas, é bom que se diga. A riqueza, mais do que uma disposição pessoal traçada com a elegância do conhecimento e da materialidade gentis, formava, entre aspas, idéias desprotegidas como *eu não podia crer*: "le temps retrouvé" – 1972. O que não me impedia de aceitar aquilo tudo de muito bom grado. Acontecia de eu não entender o que se passava com Henry, isto é, nada poderia ser mais relevante do que a calça xadrez de golfe e o sapato italiano de bico quadrado usados por ele; e, a bem da verdade, o canto do sofá era o meu lugar ideal: "não, obrigado" e "muito agradecido" – eu era a criança da sala de estar. O modo de vida "grã-fino". Sobre o que falavam? Eu também não sabia responder às perguntas mais imbecis que me eram argüidas, ou por outra, nada me era tão caro que eu não pudesse taxativamente desprezar. Que não me testassem, era somente o que eu pedia, além da mobília e do começo dos anos setenta. Com efeito o significado ulterior da expressão "foda-se" era um regozijo vagamente acalentado. Henry nos suportava porque era um *connaisseur* sem escrúpulos que via a necessidade de dar uma satisfação à sua boa alma e também de exercitá-la com banalidades. De saber o que se passava com Papai, o amigo de infância que, à primeira vista, mais lhe parecia um tarado impraticável do sorriso para baixo. Logo em seguida vínhamos eu e meus irmãos mais novos, "uma gene de babacas" – talvez pensasse – e mais adiante, a fim de alimentar a própria sacanagem, pensasse outra vez: "mas eu gosto deles". Henry e eu – o merdinha desavisado – especulávamos sobre o sexo de papai e eu creio que havíamos chegado a duas conclusões; a primeira, Joe, quer dizer, Papai, era o tipo de cara que aguava o uísque com mais de duas pedras de gelo; e depois, ah, não guardávamos a menor dúvida: "Joe, o imbecil" – não sabia trepar. Passados vinte e tantos anos trapaceamos com a mesma imprecisão, certo Henry? Soube que Henry esteve um bocado fodido, em contrapartida, eu digo. Merda é isso. É a categoria dos herdeiros à qual eu pertenço. E não creio objetivamente na forma pela qual eu me fodo. Henry se diverte, eu aposto que se diverte. Estou me referindo à falta de amor, de poder ser categórico e verdadeiro ao afirmar que as mulheres, todas, dispõem da inteligência na vulva. Ou da burrice, sejá lá como quiserem. De modo que me aproximo de Henry, o doutrinador e o enganador de si mesmo – destinatário dos meus chamados redundantes, a bem-dizer. Da minha parte eu começo por desprezá-lo e escolho especular sobre o hino de O. D. Estrada, e solto três foguetes para a ignorância e para as oportunidades vis que o talento de Deus me oferece. Eia!

Que a tesão fique para sempre no feminino.

Como terrorista escreveria uma carta sem o mínimo de talento, a mesma carta que Unabomber enviou aos jornais. Se Una usasse os seus cacoetes, por exemplo, no Jardim Andressa[1],

---

1. Linha de ônibus.

as coisas seriam mais fáceis, isto é, as vértebras cederiam e os joelhos inchados insurgir-se-iam de dor e de vexame. Ou quase a morte e a falta de sessenta e cinco centavos no bolso. A compaixão doravante tomaria conta do cobrador que naturalmente saberia como evitá-la. Os dois cruzariam olhares e o ônibus avançaria dois pontos. Então a vadia melancólica do banco de trás pagaria a passagem e tudo terminaria bem mais fácil e muito pior para o Una. Acho que unhas micosadas são como frases curtas: tome cuidado consigo mesmo, é o que posso lhe escrever com dedicação, Una. Vá ao jornaleiro. Quando você se flagrar de bem com a vida, folheando uma revista de fofocas e, de repente, na capitulação dos seus erros, vir-se igual aos outros, eu lhe asseguro: suas explosões não passam de meras estrepolias juninas cotejadas com o tamanho do seu ego. Antes matá-los do que ser morto pela falta de talento; é, eu creio que Una não tem o menor talento para fazer amigos legais. Francamente eu não sei se incluiria Henry nisso tudo... Não obstante há de se respeitar os limites e não avançar por demais nesta adjudicação; Una, definitivamente, não me parece um sujeito de inteligência. Um homem razoável não diria que "a culpa é da industrialização e que vai fazer a revolução pela pureza, etc., etc." Eu quero dizer que é mais oportuno transformar-se num sapo do que escrever uma bobagem com a qual se está inteiramente de acordo, e foi o que o idiota do Una fez. Será que ele escreveu essa carta medíocre antes ou depois de começar a agir? É certo que Una especializou-se em odiar quem o amava. E aposto que tudo começou quando Alice e ele gozaram juntos. Ele não queria ser uma tartaruga de aquário e nem tampouco ficar à disposição de um japonês inescrupuloso, era por demais anfíbio fazê-la gozar, era por demais anfíbio para ser verdadeiro, digamos. No entanto, em princípio, era quase certo o fato de ele ter compartilhado dos movimentos da bunda de Alice como se ele fosse o responsável pela eletricidade, como se apenas as estocadas que implementava fossem capazes de fazê-la requebrar feito uma gelatina. E eram. Não é espantoso? Na realidade eu imagino Una manipulando uma vagina Play-Mobil de encaixe e desencaixe. Para ele uma diversão básica que não implicaria os fluxos de idas e vindas que o ameaçavam levá-lo deste mundo da mesma forma que o trouxeram. É bom saber, alhures, que Una, homem simples e conformado, fodia e pensava nos pais. Alice estava de quatro. Una olhava-se no espelho e via um cachorro barrigudo. Alice era um mamífero lascivo de água doce: gozava à la carte. Una separou o amor em duas partes, começava assim: "Mostrei a língua praquela carne gorda." – e terminava assim: "E depois fiz o cuzinho, manja?" Eu, particularmente, guardei a imagem de Una mostrando a língua. E o mais intrigante: ele não conseguia amar. Não porque o seu mau espírito tivesse que acertar as contas com as bucetas comidas ou algo que o valha, mas porque Unabomber perdeu o dinheiro no pif-paf. É por falta de dinheiro que ele tem problemas. É um tipo comum e sacana sem uma esposa comum e sacana. Que não sabe onde enfiar o tal do idealismo. Onde? No Colégio Particular? Muito bem. Orgasmo é uma palavra que está no lugar errado – diarréia também, soro caseiro também, concupiscência também, lábios inchados também, catarro nem tanto, etc.

    Eu falava da minha infância, do começo dos anos setenta... Ah! eu contava séculos de arrependimento passando num segundo de uma boa sacanagem. Como se eu estivesse até hoje no canto do sofá. Todavia tive de recorrer ao terrorismo e à mais ordinária e descarada subversão – cuja relevância, aliás, eu faço questão de apontar – e, ademais, também concorrem a ignorância e a originalidade a favor dos meus interesses, quais sejam, todos aqueles que não constam do código de ética das ONGs e de ignomínias preservacionistas afins. Onde as coisas verdadeiramente ignominiosas e distorcidas estão nos seus devidos lugares; eu digo e enfatizo: onde uma criança com trinta e dois quilos vale vinte e cinco dinheiros; e tem mais, dia dezoito do corrente a ex-chacrete Rita Cadilac se apresentará na Boate & Churrascaria da Miltinha, em São Felix do Barreiro, para o deleite dos chapas, caminhoneiros e autoridades locais. Enfim, não creio na forma pela qual eu me fodo. Ah, seria muito bom chamá-lo bastardo filho da puta. Falta-me classe para tanto, eu reconheço. O menino da sala de estar só quer foder. Henry pode se divertir.

Em 1972 os números conversavam entre si e acompanhavam o assobio amarelo-claro do Gordine. Azul. Feliz. Redondo como o convívio e os objetos da sala de estar. Aos seis anos de idade eu... hoje não sei mais o que é. Quando eu vi o país em 72, luminescente, por instantes, pouco o vi. De modo que... o país. Então eu me lembro, depois de vê-lo imenso e alheio a si próprio, e sobretudo morto diante de mim – quão bonito, eu me lembro, era o país em 1972. O Brasil dentro de mim, perdido, e todavia mais poético, menos norte-americano, branco e protestante do que chamá-lo bastardo filho da puta: "Estamos sobrevoando a binacional de Itaipu, são 'caralhadas' de kilowatts que abastecerão 'caralhadas' de milhões de lares nos dois países." – Amaral Neto, o repórter – Ah! Bendita Propaganda Oficial! Criava "más allá" de caralhadas de kilowatts, uma dificuldade enorme para construir papagaios e uma ligação infantil muito séria do vinte no painel do elevador com os prédios vizinhos. Eu batia quase no dezesseis e mais um pouco chegaria lá. Era uma questão de tempo. No entanto o zelador e sua camisa de largas listras verticais não queriam que a década de setenta acabasse tão cedo – eu acreditava em listras verticais e redondas. Depois de tantos anos de espera o zelador cobrava a minha parte: "E aí, bobo? Quer pegar no meu peitinho?" Para ele manipular os acontecimentos era coisa fácil como manipular o próprio corpo e parecida com a espreita melancólica dos seus dias de dúvida e de espera. Se eu vivesse aproximadamente mil novecentos e setenta e dois anos por uma informação mais do que sabida, eu seria um homem incomparavelmente mais danificado: se eu vivesse todo esse tempo não seria por outro motivo senão por amor. Digo aproximadamente porque os zeladores é que fazem milagres, os sacanas, como eu e Henry, o favor e a sacanagem de interpretá-los. Não tinha jeito. Faltava má-fé e sobrava honestidade para distribuir aos merecedores daqueles dias ingênuos e difíceis. De 72 para cá eu só faço esperá-los para o Natal. Quem eu espero? É certo que virão no domingo. Daí falarão do peso e da altura de cada um – do meu peso e da minha altura. Da cor dos olhos de cada um – da cor dos meus olhos. Da felicidade de cada um e não há como evitar esta parte; então, entre um pedaço de carne e um copo de cerveja, desconfiarão vagamente do meu isolamento: "Canta pra vó, canta, filhinho." Depois o meu dedo anular será amassado no quebra-nozes: seguirão as frutas cristalizadas e as mordidas logo acima da nuca. No domingo receberei três vivas e três tapas na cara.

Dona Nenê, às gargalhadas, apontava o esmalte que eu havia consumido. Por Deus! O esmalte! Em 72 dona Nenê usava cabelos azuis e ovalados. O zelador era funcionária. Um nome de fantasia e três palavras: "Suzi Cabelereira". Sarcasmo. Esquizofrenia. Inadimplência. E mais uma: *vingança* contra os penteados irrelevantes que a bicha fizera a contragosto: "Eu quero sim," – foi o que respondi – "eu quero este peitinho para mim." Henry e Papai conversavam sobre carros, é... eu acho que era sobre carros que eles conversavam em janeiro de 1972.

Mas um Cara Doce Como Eu?

Tudo começou com aquele canastrão do Rin Tin Tin, o bom filho da puta – wasp, metido a escoteiro e a dono da verdade. A justiça em estado veterinário e exemplar, irrepreensível e cocô de cachorro, daí é que nascem expressões do tipo semblante, produto, ordem, truculência, cliente, meganha, projeto, hierarquia, espaço cultural, disciplina e au au. Até os cães de pequeno porte entraram nesta roubada para embalar os seus pesadelos e tremedeiras, eles mesmos desnecessários e neurastênicos. Ou seja, quanto mais justo, mais desnecessário. O que é mais desnecessário?

Prefiro os gatos. Um cara como eu, desajeitado e às vezes estrábico, não tem por que gastar o seu dinheirinho com armas de fogo e animais ruidosos que "tomam conta de gente". Outro dia fui chamado de "brilhante", vejam só, é muito comum, eu diria que é moeda corrente entre causídicos, gente que não sabe escolher uma gravata e puxadores de saco em geral, todavia eu confesso que me assustei com tamanha facilidade e desfaçatez – imaginem só, eu "brilhante"; a coisa aconteceu comigo só porque impus duas ou três idiotices, ou a chamada minha razão, aos latidos, sem o heroísmo e a devoção dos animais, o que é um alento e uma preocupação a mais para mim. Eu explico. Eu tenho um hábito que é andar pelas ruas de madrugada comigo mesmo, e latir para dentro. É o seguinte, andar por aí de madrugada não me inspira medo e nem tampouco "idéias brilhantes", ao contrário, é tudo um fazer e refazer de conversas desperdiçadas ou, para quem quiser, um balanço de latidos interiores, de lucros e prejuízos imaginários: "... quando eu falei na flor de vétiver e nas essências subliminares deste perfume foi legal... mas que droga!, eu não precisava ter falado em 'perfume de churrasco' e muito menos ter associado uma coisa com a outra, não foi legal misturar costela de ripa com carne de mulher, aí não foi legal... etc., etc." Rin Tin Tin! Rá-tim-bum!

Mas um cara doce como eu?

É por causa da minha eloqüência. De vez em quando até eu me acho eloqüente e tarado. Um pouco mais eloqüente do que tarado. Sempre acontece nos lugares errados. Já o cachorro babaca é o dono da razão, não é assim? Por exemplo, quando eu falava da vista aérea da cordilheira dos Andes e ela (ah, e ela...) me falava de umas compras que havia feito na região de El Golf e de um tal de 'Pueblito' lá no Parque O'Higgins, bem, não tinha nada a ver eu meter os "vase de pets" indígenas no meio da conversa, e ainda, para piorar, deixar-me lambuzar com o catchup e o sorriso lamentável do meu pai – estávamos no McDonald's, duas poses, eu e ela – eu dizia, se bem me lembro, que índios chilenos e zonas sofisticadas de consumo eram "desde o princípio até as últimas conseqüências" a mesmíssima coisa (e não eram, evidentemente...). Ela não deixou por menos. E nada justificaria a bravata que ouvi logo em seguida, é bom sublinhar. Muito embora eu tenha que admitir duas falhas e uma fatalidade; a primeira falha foi convidá-la para um "bate papo lá no McDonald's"; a segunda falha foi a de ter sido o autor confesso e responsável direto pelo derramamento de catchup na roupa branca da doutorazinha; e, por último, a fatalidade de ter sido escolhido paraninfo de uma festa de aniversário que desgraçadamente acontecia bem ali do nosso lado. Não obstante, eu insisto, nada poderia justificar o fato de ela ter mencionado uma posta de congrio rosa com molho de amêndoas servido não sei em que bistrô "imperdível" de Santiago, merda!, eu a convidei só por convidar, eu falei só por falar, merda!, impunha lá minhas platitudes e comia meu Big Mac. Aposto que sim...

Eu aposto.

Ela sabia o que era um Mac Lanche Feliz. E mais, ela sabia que no McDonald's não existem palitos de dente, a bem dizer, a única chance de a doutorazinha recuperar a conversa para si e de se livrar de mim que, trocando alhos por bugalhos – mas nem tanto – fazia o tipo empreendedor visionário, eu mesmo, assim de supetão, passei do antropólogo desbundado para o ultraliberal de carteirinha, virado no capeta (não entendo). Comecei com a história da hidrovia do Quércia. Enchi o saco da moça com o tal de "projeto" de navegação fluvial: "porque vai ligar o rio Tietê em São Paulo aos estados do centro-sul e sul do país, só a economia em cubicagem graneleira vai dar para fazer..."... fazer sei lá o quê, e ainda falei alguma coisa da careca de dona Ika Fleury e defendi com veemência a administração do dr. Luiz Antônio... eu juro que sim, virado no capeta. O contrário do que quero é pouco, na verdade o contrário do que sou. Faz tempo que não dou uma trepadinha... é sintomático, como diria o idiota do Jandinho. Au, au; bem, aí tive que me desculpar, embora ainda continuasse simpatizando com a hidrovia do Quércia, o estadista. Ela não me entendia.

Nem eu. Às tantas fiz questão de me segurar.

Então mudei de assunto. Comecei falando da nostalgia sentida pela falta do programa do Bolinha na TV. Todavia era por onde eu gostaria de ter começado: Edson Bolinha Cury. Ela novamente não entendeu. Disse que eu era um cara chato e maluquinho.

Blablablá...

Porque eu não sei falar sem cuspir. Aí as coisas foram piorando. Primeiro fiquei vermelho e depois veio a tremedeira. Não sabia ao certo se se tratava de "atrapalhamento" ou "atrapalhação". Mais um pouco e veio a vontade de fazer xixi, sabe, eu ando meio curvado e já estava com o pau duro e com os pés para fora dos sapatos, baita vergonha, ela me olhava espantada. Então eu quis saber se ela queria mais alguma coisa. Ela disse: "Não, obrigada." Eu pensei: " 'Não, obrigada.' É o cacete!" Foi quando estendi a mão e, como dizem os americanos, dei-lhe a preferência, ela gostou da idéia e, honestamente, não me importa se os americanos dão a preferência ou se os americanos não dão a preferência. De modo que vislumbrei uns ajustes. Inventei uma história de viuvez e desemparo e outra história de traição e reconciliação, um saco, mas lá estávamos na fila do cinema. Fiz o tipo conduzindo uma foda para depois... e lati baixinho para que ela não me ouvisse, três vezes, tamanha felicidade: au, au, au.

taradinho
(parte dois)

A solidão do taradinho ocupava os corredores do supermercado. De noite? Fazia compras, a solidão; e ele, ao antecipar sua condição precária, não sabia o que comprar. Objetivamente o taradinho havia liquidado o estoque de lustra-móveis do supermercado. Objetivamente as compras não aconteciam, bem como as intenções e os pensamentos mais afortunados e mesquinhos dele não se concretizavam quando se transferiam efetivamente para os atos comuns, ou seja, ele enxergava os outros somente do pescoço para baixo, não sabia o que era uma alcachofra da terra, amarrava as palavras na hora de falar; e o pior, com um discernimento a serviço de todos estes desvios, alguma coisa, que naturalmente ele não entendia, o desagradava sobremaneira quando usavam o termo "controle de qualidade" para convencê-lo das vantagens na compra de determinada mercadoria em oferta: "Hum... quer dizer que o processo de embalagem é a vácuo, sei." – isto o deixava maluco. Não obstante dispunha da "tesão" – pronunciada sarcástica e secretamente na prateleira dos biscoitos de água e sal –, vale dizer, com a mesma brutalidade disfarçada com que as donas de casa comumente enterram pequenos furtos na bolsa... ou mais: "Nos esbaldaremos do pasto vicejante e alheio a nós mesmos. Até o limite do cheque especial." A ajudante da seção de importados garantia que os passos dele eram ouvidos por lá, entrementes, na seção de cosméticos, um cigarro de duas tragadas, cercado num laço de batom, ardia malicioso como a calcinha manchada pelo sexo da fêmea autoritária e inclemente que protegia os filhos e que nunca entenderia o significado miúdo e cruel do que estava acontecendo... hum, taradinho, língua amarrada: a cidade ardia com ele debaixo das mantas de carne seca. Uma ave negra agourava o céu do supermercado. Às compras? Incapacidade de amar? Bobagem. Ele não prestava mesmo, era bom e taradinho. E conservava, até certa exposição, uma grata vontade com os chamados que atendia. Fazia lá seus planos. Seguia donas de casa que mal sabiam trepar e as bolinava em pensamento: "você" – falar a palavra você era uma penetração para ele – "você tem horas?" Desde o início um sonho taradinho malogrado pela esperança alheia de acumular bônus em intermináveis concursos de extrato de tomate. Um sonho que o condenava a arquitetar desculpas indefinidas e desprezíveis, nas quais ele, sem escolha, em razão da histeria e da obsessão das donas de casa em "melhorar o padrão de vida", era obrigado a crer; então, quando tentava separar as coisas, quer dizer, quando tentava escapar de si próprio, arquitetava outro plano estúpido – e era o que bastava para ser imediatamente correspondido por uma violenta ereção e pelo medo endócrino de pedir cerveja: "Me dá uma coca-cola, moça". Arrasado pela falta de si, dos hormônios e da cerveja, o taradinho, numa vingança tão ardilosa quanto deprimente, vale dizer, tão cerveja quanto coca-cola, usava os lábios para reproduzir os sons miúdos que os amantes não ouvem ou fingem não ouvir quando descolam as bocas depois do beijo: "eles se malham" – garantia o taradinho de si para si –, a sacanagem, porém, somente ele entendia, e esta particularidade, este prazer de saliva que até poderíamos cotejar com o último fôlego que afrouxa as pernas e causa uma dependência ridícula de votos impotentes "ai ai, eu te amo" e afirmações esdrúxulas "você é a minha vida", ou ainda melhor, o estado doentio de gozo é que lhe permitia, com uma originalidade contaminada por mocinhas do caixa e donas de casa que não sabiam trepar, enfim, é o que lhe garantia outro plano estúpido: "duas opções": – ele imaginava – "a primeira, se não precisássemos gozar as coisas seriam mais fáceis; a segunda, você sabe gozar?" – continuava enquanto a moça do caixa fazia o troco – "alguém deve saber, mas... mocinha, não me interessa se você sabe ou não sabe gozar. Não há outra escolha". Já em casa, depois da efervescência da "cosa mentale" ou da peculiar modorra que vem logo após a punheta, mergulhou num estado de imobilidade e dúvida que o aproximava da incapacidade fundamental. Um estado inoperante, de não saber por quê se mexer e do que duvidar. Trocando as palavras: as unhas da mocinha do caixa. taradinho. Deste modo ele praticava a "tesão" e continuava (continuar é aquilo que não se faz insistentemente ao longo de toda uma vida e que não pede o conhecimento, mas a ocupação; continuar é a tarefa de se deslocar como uma multidão se desloca numa fotografia, a tarefa de levar o corpo com a mesma contrariedade com que se carrega a consciência, ou vice-versa, não importa; no caso do taradinho nem o primeiro nem a outra se prestam sequer para ser o primeiro ou a outra), pois bem, ele praticava a "tesão" – taradinho – de modo que nesta ordem minúscula, nesta contagem, o primeiro passo para se reaprender a falar é latir. Depois latir outra vez e sempre que se fizer necessário, e então, inopinadamente, o verme, o cachorro ou a porcaria que for, estarão reabilitados dentro dos limites da porcaria que são, e daí, guardadas as medidas de praxe, dado o estado econômico ridículo do taradinho e o estado não menos medíocre de quem, movido pelo mesmo sentimento dele, tem o hábito de freqüentar aos domingos as intermináveis listas de espera da "cantina da mamma" e prepara como nenhum outro aquela "pasta al dente"; isto é, equiparado à inércia que move os tolos, o taradinho se deslocava invariavelmente mediante a aquisição de bilhetes de integração metrô-ônibusmetrô com a mesma compaixão fotografada em mil novecentos e quarenta e sete na primeira comunhão das meninas do Des Oiseaux – assim como o taradinho, as meninas olhavam para o nada ao serem fodidas, e eu suponho que desconheciam o bom uso dos orifícios determinantes da felicidade delas mesmas; vale, contudo, adiantarmos quarenta e tantos anos ou não sairmos do lugar, a posição é a mesma: de quatro, sempre de quatro portando os documentos e atestados necessários à habilitação – é o que pediam os Profissionais de Recursos Humanos, os RH (os profissionais de RH provocavam o mal das secretárias bilíngües e chupadoras, embora também existisse outro grupo de lambeiros cuja singela menção era o bastante para lançá-lo – ah, pobre taradinho – num arco-íris sombrio e falacioso, o grupo, a seguir os dois primeiros, também subdividia-se em famílias, como as aborrecidas famílias biológicas que ocupam a mente vaga e condescendente dos estudantes de primeiro grau, isto é, tamanha era a impotência e a servidão sugeridas desde os tempos desperdiçados na escola que somente um rematado brocha não reagiria à festejada existência daqueles que se intitulavam "Profissionais de Criação". Com muita propriedade o taradinho murchava quando estes falsos histriões desencantavam a licensiosidade e gozavam sem a devida "tesão". Preme saber que o taradinho definitivamente os evitava. Portanto é melhor esquecê-los desde já, antes que o pior se pronuncie.) Bem, falávamos dos documentos e atestados necessários à habilitação do taradinho como incapacitado fundamental; ele, como sabemos, não reagia, apenas se deslocava e não entendia como o trem do metrô o acompanhava a cento e trinta por hora, às quatorze horas – podia bem ser de madrugada. Foi punido, primeiro porque não era eleitor, depois porque não sabia de quem era o mau-hálito que ordenava a ele para desocupar o assento: "Desista" – dizia o mau-hálito – "desista deste negotsio". Almejava – o taradinho sentia-se importante ao falar "eu almejo" – ser um Profissional de

Segurança. No entanto havia indícios contrários que o preocupavam – a junta eleitoral fechava pontualmente às 18h30 (pontualmente, Eia!); o taradinho ladrava como um cãozinho faminto na Estação Bresser do Metrô. Antes da ameaça porém, ele apostava nas coincidências: o dia certo, o horário dos céus e a promessa da multiplicação. O amor e o emprego estavam lá também. A mulher dos outros. O cheiro do cérebro. A lama da noite. O cu. A despeito destas alternativas ele tinha no que pensar: "O lugar da felicidade é a mentira que leva à felicidade." Não sabia se fumava um cigarro ou se comia uma cebola grelhada, então teve uma ereção à francesa e pensou em si como se estivesse pensando em si, quer dizer, pensou noutro. Desejou ser gigolô e ter uma Profissional dos Ares para explorar (por que não para explodir pelos ares?); Jéssica – êta nomezinho de puta – o sustentaria às custas de vôos internacionais enquanto ele, aqui embaixo, condenaria o faxineiro do prédio pela displicência com que tratava do sétimo andar, especialmente do 703 – o apartamento que a aeromoça havia alugado para ele desde que encontrasse tudo bem limpinho quando chegasse "né, morzão?" – isto incluía, por um capricho dela, o *hall* de entrada. O taradinho ameaçava: "Deixa a Jéssica chegar, deixa." Eram 19h42 quando desembarcou na Estação República e 19h55 quando sonhava defronte ao Cine Art-Palácio, a partir daí o tempo era contado como um arremedo de contemplação que corria para cima e para baixo; uma contagem muito especial, conhecida dos homens que se amontoavam na entrada do Art-Palácio e que não sabiam ao certo quando ir para frente e quando ir para trás. A fita era Pornô – "Pornô" – dava uma certa "tesão" e segurança arrastar o "erre" agora que ele havia se estabelecido na Praia do Pepino e trocado definitivamente por instantes a aeromoça pela vendedora de sanduíches naturais, embora não concordasse com o rosa acrílico que a gata usava na unha micosada do pé: "quando pintar de vermelho a gente conversa diferente". taradinho.

A sucessão desvirtuada de sacanagens que aconteciam a cada minuto nas vitrines do Art-Palácio eram, por assim dizer, a multiplicação deficitária do taradinho. Ocorre portanto uma pergunta: quem era o homem que latia na Avenida São João defronte do Cine Art-Palácio? Um homem latia e ouvia os próprios latidos, então amaldiçoava os latidos e latia mais alto. "É um coitado" – diziam os transeuntes que oravam em louvor à Nossa Senhora da Esquiva, protetora dos chuviscos, das transmissões com caráter experimental e do canal 37-UHF da TV Joaçaba Ltda. A prece: "Que nossa mãe, na grandeza de sua misericórdia, proteja e ilumine este filho da puta. Que faça com que silenciem os latidos que não são dele nem do outro e, em nome dele, e dele também, prometemos: cada um latirá respeitando o horário estabelecido para o latido do outro. É um coitado, amém, au au." Ele sabia que não era mais um homem e desejou a humanidade que o salvaria. Faltava-lhe porém a "tesão" de outrora. A falta tinha motivos que até o inferno desconhecia, se não fosse assim, presume-se não seria o inferno. Ele afundou para cima, foi ao céu e o diabo o recebeu. Em virtude da falta de outro sentimento para usar, o taradinho, deveras contrariado, se acostumou ao lugar que não era o seu lugar, talvez aquilo tudo tivesse cabimento num dia chuvoso de trânsito interrompido, menos no céu. Onde ele estava? Não era preciso gozar. Era preciso gozar. É evidente que estava no inferno. De onde o ônibus partiria às 21h50 em direção ao litoral. No inferno, sem "tesão", mas taradinho. Chamou para si o mais profundo sofrimento. Por mais danosas que fossem as conseqüências deste chamamento, o taradinho não se conteve; pensava que, de uma forma ou de outra, somaria nas suas vicissitudes o resultado desta prática tarada. Na verdade ele estava fazendo o que fez a vida inteira, estava tirando proveito de si e das experiências sacanas e egoístas acumuladas no decorrer dos anos, não obstante, desta vez, ele ainda contava com uma suposta diferença a seu favor: não era preciso gozar (isto o excitava profundamente). Era preciso gozar. Não era preciso gozar. Inferno. Céu. Deus e o diabo criaram a praia e o supermercado – à noite. Amaldiçoadamente quase va-zios. E, sem alternativas outras, enviaram o taradinho para lá no ônibus que saiu da Estação Jabaquara logo depois do ônibus das 21h50: deram a ele o que de mais triste, doce e deplorável o identificava – ele mesmo. Excluindo o Criador e o ingerente, ninguém, a não ser a velha da poltrona 27, ninguém poderia saber quem era o homem que saíra do supermercado com uma latinha de cerveja na mão e que dali a pouco a esvaziava cuidadosamente na praia para logo em seguida enchê-la de areia.

Ninguém.

Nesta hora, dentro da noite, num lugar mais improvável do que o inferno e o céu, o taradinho não pôde contar consigo mesmo.

Relato de uma Breve História de Sacanagem

De súbito, concordamos. Saímos no carro dela.
Quem fez o convite?
Ela me disse que gostava de homens e de mulheres e que tinha hormônios demais no corpo. E que se o desejo chegasse, na falta de alguém, ela mesma cuidava do assunto: "com este dedo, viu?" As mulheres da minha libido, exceto duas delas, falavam por ela e, pela primeira vez, falavam o que eu queria ouvir: "Na hora da tesão eu me viro até com saca-rolhas enferrujado, entende? Pede um vinho branco pra gente... seco."
As unhas eram curtas e o dedo anular feito para a sacanagem. Usava as expressões "sacanagem", "foda-se" e "tesão" com muita fluência, aliás.
Foi quando eu vi nas costas da mão dela a corcunda nua de um homem-gabiru prestes a sodomizar uma galinha: "me diz uma coisa" – e estocou três vezes seguidas o pequenino degenerado contra a mesa: "faz quanto tempo que você não dá umazinha?" Caí na gargalhada para não cair da cadeira, ela não largava dos meus olhos: "hein?" Engoli a risada de estômago vazio – ela aproveitou para comer uma azeitona e furar o meu braço com o palito... chupava um pênis invisível... Prosseguiu mordendo as falanges e contou-me sobre a briga que tivera com o amante e eu não me interessei. Então fez a descrição da vagina

como se a própria vagina tivesse me confidenciando os detalhes lá de baixo. Estava lubrificada, me garantiu. Os lábios vaginais falavam por si mesmos e orgulhavam-se da intimidade genital que mantinham com o clitóris desenvolvido.

Epa!

Ela não sabia beijar de língua. Fiquei com medo e ela me disse que era tarde demais e que eu fazia parte do jantar. Passava as manhãs brigando com o amante e cuidando do jardim. Uma tesão irreversível pelo pai, também.

O garçom a conhecia.

Enumerou as técnicas de imobilização e pediu uma dose dupla de vodca. Ela me garantiu que a ruiva da mesa ao lado estava devidamente cantada. As duas foram ao banheiro e alguns minutos depois estavam bebericando na mesa de três carecas. Eu fui atrás. Ela tomou a caneta emprestada do careca nº 2 e rapidamente escreveu alguma coisa no guardanapo. Fez com que eu o guardasse como se fosse um pedido de socorro: "deixa pra outra vez, tá?" Logo que saí do boteco rasguei o telefone e o endereço que ela havia me passado. A ruiva estava drogada. Na hora em que fui tragado pela noite, embora imediatamente não tenha pensado no dr. Louis-Ferdinand, eu me senti o cara mais feliz e o cara mais filho da puta deste mundo. Depois achei que o telefone e o endereço eram falsos. Chamava-se Mônica.

O Perfil do Consumidor

Desde que cheguei o quarto permanece fechado. Habitam vítimas do antigo inquilino (é necessária a compreensão). Oportunamente serão melhor encaminhadas? Morte? Talvez os cadáveres não tenham apodrecido...

Há muito convivo pacificamente com as imagens perseguidoras – elas, as imagens, devem ter um motivo para me perseguir e, seja ele qual for, eu jamais o justificaria; não para me proteger, mas ao contrário, para resguardar as próprias imagens do estupor que eu, sem o menor constrangimento e, com a licenciosidade que me é peculiar, provoco ao usurpá-las e ao subvertê-las em suas qualidades sobrenaturais e reveladoras. Subverter o desconhecido? Por que não? Preme sobretudo a falta de encanto e o controle – às vezes exasperado, eu confesso – da situação para o cumprimento do alinhavar pacífico junto às imagens perseguidoras; a saber, o altar da santa, o anão do *living*, a platéia emburrecida e a caixa-d'água vazia. De modo que não é difícil afirmar que tais imagens, bem como as neuroses ou perseguições advindas de suas projeções, passam longe de quaisquer caprichos psicológicos e/ou arrependimentos tardios – isto não quer dizer que eu não me comprometa –, em suma, são regras comuns, contraditórias, mesuradas e justificáveis de convivência. Até que um dia precisei do quarto.

O costume de desprezar perseguições conhecidas ajudou-me a efetivar o primeiro de uma série de outros crimes: fácil, prazeroso por excelência, purificador e aconselhável. Não fiz grandes deliberações, isto é, bastava perder a inocência e massacrar uma criança. Uma coisa não tem nada a ver com a outra, a inocência, neste caso, é a mesma inocência de alguém que, na falta de imagens originais, vê o mar pela primeira vez e se vislumbra com o lugar-comum, etc. (em princípio... é claro, devido à falta de imagens originais, eu acreditei assim...) Meus interlocutores perdem-se em análises, preocupam-se com a definição patológica do crime – como dizem; há marcas de sadismo, racismo, pedofilia, pederastia, necrofilia, obsessividade para solver os compromissos com os fornecedores (é que eu sou pequeno empresário) e compulsividade pelo trabalho. Para outros, um ato necessário e uma determinação heróica de satisfazer a ordem, a disciplina... e a perpetuação da classe média! Para mim, a satisfação. Basta lembrar os detalhes do crime, depois perturbá-los e escandalizá-los. Eu não sou egoísta. Uma palavra me define e, a eles, também: consumidor. Sou um consumidor assassino e moralista, de memória desinibida e, por diferença, franca.

A faixa etária compreendida entre os sete e os doze anos é marcante na putaria infantil promovida defronte ao supermercado do Sesi, quase esquina da rua 700 com a Avenida do Estado, o que atrai a freguesia. Um garoto ordinário para detonar. Mas é bom chegar antes de escurecer... depois das nove o ponto é invadido pelas putas e pelos travestis rejeitados do Mario's House. Por coincidência o Sesi foi a melhor escolha (o que é fácil de entender).

O Serviço Social da Indústria é uma organização privada que visa, por intermédio do esforço comum dos seus associados, a integração direta com o consumidor. De modo que a indústria, no que lhe é cabível, atende às demandas sociais por uma qualidade de vida melhor; com efeito, os supermercados do Sesi oferecem produtos de qualidade a baixo custo: "É o Sesi fazendo sua parte." E consegue, simultânea e involuntariamente, preços e prostituição mais baixos no estacionamento. Isso tudo é curiosamente relevante em face do divertimento que me fora proporcionado quando os especialistas passaram do crime para os debates em razão da responsabilidade do Estado perante o menor, e ainda, com a mesma imprudência, levantaram a questão do código de defesa do consumidor e a importância da distinção entre autarquia e entidade paraestatal, e chegaram, por fim, a uma conclusão muito divertida: "A autarquia é um alongamento do Estado; o ente paraestatal, como o Sesi, é uma instituição de personalidade privada afetada de interesse público..." E blablablá e blablablá. É de fazer o cu assoviar de tanto rir. Todavia, meus caros doutores, o crime é simplesmente mais um crime, e o mérito de praticá-lo é exclusivamente MEU. Qualquer pretensão neste sentido é uma ambiciosa e desnecessária especulação que jamais reverterá a autenticidade e a dignidade – dignidade! (êta, palavrinha veada), ouviram senhores! – de ter podido praticá-lo. Em suma, o inconformismo ao mesmo tempo que é cínico também é cômico, tolo e dispensável. Ocorreu, sem dúvida, uma feliz combinação de circunstâncias que aproximaram o crime da perfeição contextual, ou por outra, naquela tarde eu havia comprado vinte cartelas da Tele-Sena Dia das Crianças. Mais chances de ganhar, né? Bem, dr. Caldeira. De uma vez por todas, vale repetir: Eu que fiz!

O garoto entrou no carro, levei-o para o meu apê. O trajeto não compôs situações que estimulem a descrever com mais detalhes sua extensão; creio que a objetividade do consumo, a que o negrinho posteriormente submeteu-se, basta para conservar na lembrança a euforia daquelas horas. Estava faminto e fedia, de modo que dificultava a chupetinha que me propusera. Porém, matá-lo, desfazendo o nosso acordo, seria o mesmo que afastá-lo da conduta sesiana (essa é boa, hein?) Isto jamais! Éramos inocentes. Eu estou falando do grande cacete! Do calor que não se dá a qualquer desgraçado! Da inocência que se abriga no medo e na vergonha. Da bandalheira e dos ardis inerentes à nossa condição especial de seres humanos evoluídos e passionais. Eu falo da inocência que os "marketeiros" jogaram pelos ares, venderam, veicularam e esculhambaram... cambada de fodidos. Lá se foi a primeira vez... E agora? Bem, que tal matar? Que tal gozar sem tesão? Por quinze dinheiros você pode levar um negrinho para sua casa. Por mais um pouco sua mãe descasada dá uma foda com você. Arre! É bom não esquecer: as mães não sabem mais foder – desaprenderam ensinando os filhos! Hoje o idiotinha vai dormir na casa da namorada. A mãe diz: "é pra se cuidar, né" (não vejo os cadáveres: quem são os cadáveres?) O perfil do consumidor explica. E eu? Ah, eu quero o negrinho (ne-gri-nho)! O massacre foi sonoro, sanguinário como nos meus sonhos, desinfetante e de uma reengenharia inadiável, sem o que eu não me excitaria e jamais poderia conceber a existência de Wagner, digamos assim. O garoto sangrava sem parar.

Concentravam-se os princípios da vida em meu ato: dor, sangue e continuidade. São as estatísticas que não me deixam mentir. São as estatísticas, eu quero dizer. O dever natural do sofrimento e etc. e essas coisas todas. Degolei-o. Pensei na órbita dos olhos ou coisa que o valha... mais sangue, eficiência, precisão, hematomas e depois toda a vida, toda a breve existência morta no vaivém lúcido e visionário da minha rola.

Gozei, finalmente. Então a oportunidade de abrir o quarto e juntar aos outros corpos o meu pênis decepado e parte do corpo do negrinho, que eu não sei bem qual. O quarto não estava trancado e, no ambiente pacífico e limpo, contei três esperançosas prateleiras infantis. Fechei a porta e rescindi o contrato de locação.

Ela e o Presidente. Nós Dois de Mãos Dadas.

Lágrimas que caem com uma bondade tocante, só me resta agradecer e desconfiar: alguém muito cruel pede por mim. No inferno, quando, aos sussurros, os demônios falam sobre nós, metros e metros de tecidos azuis são rasgados no andar de baixo. Todavia o silêncio ocupa o andar de baixo. Onde fica? O que fazer com a crueldade que temos dentro de nós? E com o amor? O quê?

Amabilidades que eram negadas explodiam acompanhando o ritmo feroz e sobre-humano determinado pelo estrito senso da tragédia e da obediência. Ela começava os dias praguejando e nós, incompetentes e tímidos, tínhamos a necessidade inexpressiva de recolher o lixo e de promover a combustão deste amor: "Eu quero morrer. Eu odeio isso tudo." Não havia trégua e aos sábados era pior: "Desculpe, eu prometo." Papai, cãozinho maledicente e traiçoeiro, abanava o rabo e nos encantava com suas histórias de esperma. Com ele aprendi a decepção e a insensatez deste sentimento: "Coma, vamos." O japonês gordo oferecia fios de ovos – Papai insistia: "Não recuse jamais, coma! Coma!" Ora, que eram Meus! Sejamos agradecidos, é tudo para o nosso bem: "Você jogou dinheiro fora, cretino." Acontecia a praga dos sábados. Da minha parte eu preferia gritar: Mentira! Mentira! Para somente depois sumir, como ela aconselhava. Antes do sumiço, porém, eu não tive os escrúpulos que um cara desonesto deve ter consigo, isto é, eu não levei a desonestidade até o fim. Comprei um Jeep com o dinheiro que sobrava da confiança depositada em mim. Fui passear branco e sem camisinha – completamente; eu não poderia decepcioná-la, não poderia mais ficar na punheta, a pé, etc. Um idiota, amador eu fui. Só me desculpo por ter feito a cara do cãozinho traiçoeiro, a cara dele. Dá pra entender? – perguntei antes de oferecer o dedo anular ao espremedor de nozes e, por algum desvio abominavelmente incompreensível, que talvez um diálogo franco e inimaginável ajudasse a compreender, a chamei de mãe; o que foi um desajuste tão grave quanto as justificativas que eu acharia depois para as demais extravagâncias que iriam me cobrar ainda mais incompreensíveis e abomináveis do que esta última: "Afinal, seu estúpido, de quanto foi o prejuízo?" Por que não conversamos abertamente? Esta foi a proposta que eu fiz. Não me acho um sacana deliberado, tampouco um farsante; Mãe, quando você vai descobrir minha farsa? Minha razão, isto é. Será que a grande e emocionante cilada que a vida nunca soube lhe aplicar depende do meu envelhecimento e efeminação? Por quanto tempo ainda teremos de esperar? "Tenho vontade de acabar com tudo" – ou estará satisfeita com as calúnias que se lhes foram imputadas por um insensato como eu? Ontem à noite pedi a Deus: o que eu pedi, mãe? Porque não há convivência – e nós, por fim, temos que nos sacrificar. Malditos sejamos, pois? Começávamos a semana às custas de pragas e infâmias. De humilhação em humilhação eu contava com violentíssimas unhadas para arrancar o esperma que ainda restava da imaginação obstruída e canibalizada pela tesão, o que não bastava, de modo que logo depois de cheirar o sofá da sala como uma noiva e de esfaqueá-lo furiosamente, eu pensava nela. E fazia poemas. Ela se queixava da falta de dinheiro. Vocação ridícula para a tragédia. Ou abanávamos o rabinho. Ou caíamos naquela bobagem de "Ou trabalho ou Rua!" Não cumprimos a promessa que fizemos. Jamais cumpríamos as promessas, enfim.

O aluguel vencia e o nosso amor era cada vez mais difícil. Por que não avançamos uns sobre os outros? Hein, papai? Hein, mamãe? "O uso indevido das mãos implicará na desclassificação imediata do concorrente" – televisão no almoço, e mordidas: Que tal? Depois de uns beijos no rabo eu ganhei de presente meus onze anos. À época eu não imaginava que iria morrer socialmente tão cedo. Quando se é criança não se é preparado para tanto, quer dizer, para ser adulto, daí o desengano antecipado e generalizado que os adultos suscitam entre si, ou pelo menos que me suscitaram e que, inopinadamente, me fizeram admirar as crianças e os retardados mentais.

Desde cedo desconfiei das comunidades alternativas e do playground, do professor de natação e das manicures, dos brinquedos educativos e do arroz integral, das explicações antecipadas e dos superdotados, da vacina tríplice e das fonoaudiólogas, de Deus e da firma reconhecida, do diabo e dos alvarás, do inseticida e do décimo-terceiro salário dos supervisores de estoque, da queda sem aviso e da fricção violenta do coito anal. Dos losangos, das cores em geral e do dia em que fui criança. Mamãe confiou demasiadamente em mim, para ela um adulto vazio e redundante. Eu acrescento: de classe média, apaixonado e traiçoeiro; como as outras crianças que não conseguem disfarçar o mal que trazem consigo, vale dizer, quanto mais repetem o crime dos pais, menos divertidas e perigosas elas ficam; o prejuízo, todavia, é absolutamente necessário, sem o que, hoje, não nos amaríamos e não nos odiaríamos com tanta intensidade e, sobretudo, não nos encantaríamos com os largos traseiros das mães como elas se encantam com nossas pequenas maldades. É nesta conjunção de amor com maus-tratos que se diz NÃO àquilo que muito se deseja. Que se abriga, como um sutiã tristonho dependurado no banheiro da empregada, a tesão de censurar e o ressentimento. À luz de tão evidentes desmazelos e desventuras eu, sem dispensar o sacana idealista que existe dentro de cada um de nós, afirmo, espremendo minha glande até onde agüentar, que o pai que se banha com a filha de seis anos é, antes de tudo, um bolinador desapossado, tão desapossado quanto a filha mais velha, de dezesseis, que nunca aprenderá a trepar se depender dele. Passeávamos de mãos dadas e freqüentemente o assunto era a cor das orquídeas. "Meu Deus! O que eu fui parir?" Ora, eu sei muito bem o que é afinidade. Sou um tarado romântico que reconhece a si mesmo no cheiro do amor e da merda da pessoa amada. Um dia me apaixonei.

Quer dizer que é você que anda comendo minha irmã? Pois fique sabendo que eu sou devedor de uma brochada incomunicável com esta menina e que nunca conseguirei pagá-la. Não, absolutamente, ela nunca foi minha irmã. E você quer dizer que é meu pai? Muito prazer, já pensou em mamãe? Eu amo essas mulheres. São histórias comuns e determinantes que se repetem ao longo dos anos. Há mil novecentos e tantos anos aconteceu uma igualzinha. Esta você conhece? Não conhece? Pois nascemos de uma brochada. O que se pede a um espermatozóide vadio? E a um óvulo desocupado? O quê? Bebo para esquecer e passo o tempo cobiçando a tesão alheia. É uma história tão inexplicável e inacessível quanto a primeira menstruação de mamãe; tanto eu quanto ela, isto eu aposto, crescemos não entendendo como é que foi que tudo aconteceu. A responsabilidade, a rigor, é das freiras malbarbeadas que ensinaram as primeiras sacanagens para mamãe. Bem, o que nos interessa, depois de toda esta represa de desentendimentos, é que, neste instante, mamãe deve estar orientando a menina que nos comerá no jantar. Nossa noivinha não tem vagina. E o melhor – ela não tem nada, nem na frente, nem atrás. Depois de conhecê-las não sei mais o que é tesão. Em contrapartida elas me provaram que o amor precede a tesão e, ao contrário da tesão, é indispensável; o que vale dizer, mais filho da puta e subversivo, pois ele vem de onde não se pode querer nada, diferente da mais cabeluda das taras que, em última análise, é fruto de uma doença muito particular e sobretudo querida; comê-las pois, seja pela frente ou por trás, é uma traição a si mesmo. "Isso não é pro teu bico, cai fora." Parecia simples, a lógica das mães, quando elas soltavam frases do cu como se fossem peidos venenosos: "Não dá pra entender? Cai fora." É lésbica, como mamãe. Então eu fui obrigado a criar uma inteligência familiar e estúpida para enganá-las, que pouco pedia mas que muito as impressionava, e é isso o que vale; porém, numa dessas, você pode ganhar uma língua na orelha, e não gostar do que ganhou. Depois que as conheci fiquei impotente, eu achava que as noivas não tinham nada naquele lugar, esta foi a danação; todavia todos temos nossas tragédias particulares – e nada naquele lugar. Elas são vegetais carnívoros. As outras noivas que aparecem no quarto escuro, sobretudo as mais aguadas e mijonas, exalam um cheiro incrível na hora da foda. De tanto freqüentarem supermercados e salões de beleza elas se transformaram em rãs gigantes e inaceitavelmente brancas: aprendi a foder com elas. E com o amor? O que se faz com o amor? Encha a boca com a espantosa força que esta palavra tem, em qualquer ocasião, encha a boca e diga: "Pois que se fodam. Que todos se fodam." Foi, aliás, a última recomendação que eu fiz à Luciana antes da cerimônia. Ela não me respondeu. Mas eu creio que o cu de Dona R. deve ser tão largo quanto o cu de Luciana. Que por sua vez não pára de se alastrar com um fundamento demasiadamente civilizado e científico para minha compreensão. Trata-se de cu, não é? Pois então me digam que obra de ourivesaria é essa delicadamente entrelaçada com fios de prata e merda? De onde vem, senão do cu, esta soberba que me diz para pesquisar, para organizar as idéias metodologicamente, que me aconselha a leitura dos modernos, que mal sabe se vestir, enche meus culhões, etc., etc. O que vocês querem? Eu bem sei o que não quero e, de antemão, descarto o revisionismo de salitre que os ilude como se fosse a primeira punheta, descarto, por legítima zombaria, a poesia feita por mulheres e mais, a despeito do diálogo entre aspas que vocês insistem em manter com a geração de 45, eu me obrigo, pois não há boa vontade que agüente, a lhes jogar uma praga reparadora que deverá atingir em cheio as espinhas de suas respectivas nádegas, de tal forma que elas purgarão à guisa das malditas e inúteis teses que vocês sustentam onde antes jaziam inocentemente pentelhos seminais e pacatas quimeras gordurosas; ou seja, vocês são uns bundões, estão afogados em si mesmos, e eu desconfio que foi assim que me fizeram. Tô fora, até onde quiser. Dá pra entender? "Você é burro? Será que não ouve ninguém?" Não havia nada no mundo que pudesse substituí-las. Então conheci Alice e a ceguei – Alice servia salgadinhos com classe, e me enganou. Alice, a putinha interesseira, me enganou! E foi chupando que eu entendi que havia sido enganado. Papai, mamãe e Luciana não se chupam, eu me recuso a crer, apesar de todas as contradições. Eu me recuso porque não teria coragem de chupá-los três vezes seguidas. É o amor. Em Alice o quanto for preciso para ela saber que eu sou um escroto. As mães e as caixas de supermercados, eu insisto, fundamentalmente, não sabem trepar. Ah! Luciana, como foi bom negá-la, como foi bom tê-la conhecido antes do seu parto – do meu nascimento. "Você é horrível" – eu penso em você. "É doente" – eu penso em você.

Depois de cheirá-la como um cachorro por oito dias a levarei para um salão de festas completamente vazio, as tábuas largas apostarão corrida por nós, enceradas obsessivamente até um pequeno retrato dependurado de cabeça pra baixo numa parede branca, iluminada e interminável. Lá veremos o presidente Nixon de queixo pra cima e eu perguntarei a você o que acha do nosso amor; é claro que a pergunta não terá qualquer importância para o nosso amor. Mas você me entenderá porque, de fato, a fotografia estará lá, a fotografia do presidente Nixon! Jamais iremos trepar e a sua companhia será um enfado para mim, de modo que você, depois de humilhada, enfiará o dedo no meu cu. Então nem eu, nem você, nem o presidente Nixon, teremos paz; e também não teremos do que nos queixar. Ninguém neste mundo saberá o que é o amor porque estaremos mortos, de cabeça pra baixo, como o presidente – lembra-se? – que sorria ao feito do bom republicano e não sabia o que fazer com o amor de mamãe: "Vai para o inferno." Mamãe e o presidente. Nós dois de mãos dadas.

João Day

O sol quer falar de João Day e sugere, com a covardia da luminosidade, que João substitua aquilo tudo que eu não me permito contar – incluo o sol e os conhecedores da minha história imaginada (do sobressalto vivido não há o que saber) – J. Day, é de você que eu falo, com a proteção dos seres aconselháveis, e é bom saber; às vezes prefiro ignorá-los ao nosso trato. Depois do sol, como já lhe disse: a dor é muita; da perda da memória e, especialmente, do medo; que, há pouco tempo, provocara negativas sublimes. Você lembra, não é? Não obstante, hoje, J. Day, tenho este sentimento, o medo, sob controle e identificado, infelizmente, para a malfadada atualização dos meus dias antigos e ao mesmo tempo para sua – ou nossa? – serena e determinada consagração. Falamos pois de você, João. Para crer em você eu preciso acreditar, primeiro, que eu creio em mim, e depois, naturalmente, ter a certeza de que você não mais existe. Todavia, a relevar minha indolência, ou ainda mais, a incapacidade que me obriga a solicitá-lo, eu só poderia guardar dúvidas e incredulidade; daí a chance de lhe dar crédito às custas de uma indulgência não querida, ou por outra, embora eu seja o tal do "herdeiro", é você, J. Day, que me toma o que eu não tenho para lhe oferecer. As coisas vão mudando, João, e não é preciso nenhuma obra do homem, senão a própria morte, para saber que sim. O que me incomoda é a exuberância da consciência, do tempo presente, na verdade, mais irrealizável do que o nosso passado comum e do que o futuro igualmente idealizado por nós dois. O tempo não passa – já havíamos conversado sobre isto, lembra-se? – nós é que passamos e insistimos, bendita insistência, em contá-lo (o tempo). Não é assim, J. Day? Outra noite, juntando 'A' mais 'B', não me pergunte o que ou quem eram 'A' e 'B', não lembro, mas eu sei que cheguei, como alguém que escolhe tomates, a um termo piegas e relutante... para mim, agora, na hora de escrevê-lo, muito mais difícil... bem, é mais ou menos o seguinte, o amor do homem e da mulher – esqueçamos a tesão, não sou eu quem peço – é o maior bem que tanto um como o outro poderiam conseguir nesta pobre vida... e o resto é um exercício de grosserias, caridades, taras e mesquinharias adoráveis... uma benção inexplicável dos céus! Sacanagem de primeiríssima ordem! (Veja lá, João!) Fica como se eu, o sabichão, dissesse: "Jamais descuide da sua tesão" ou "Num futuro próximo você pode perder as margens de uma boa foda". Ou seja, eu continuaria falando o que qualquer idiota está cansado de saber... que o amor e que etc. e que o escambau e que etc. Ufa! Ajustando os ponteiros. Digamos que eu lhe tome a mão, o terreno, a inclinação e, sobretudo, 'desconfiado', eu diria que tomo o plano em que nos conhecemos, e mais; pesadelos horríveis e ejaculações extraordinárias, agora eu entendo, fazem parte das estações que juntos preenchemos ao longo do tempo, você enterrado, e eu a tripudiar no seu túmulo, ou melhor, sobre o epitáfio que se nos fora carinhosamente dedicado por aqueles que nos esqueceram – homenagem, desculpa do esquecimento... um muro baixo separa... e já é hora de saber que somos vizinhos e o fato de você estar morto a três ou quatro metros do meu leito, do lado de lá, provoca somente pela distância, outra vez: sou vizinho do cemitério, estou apaixonado e a sepultura de João Day fica a poucos metros do meu leito (a palavra "leito" deu-me a oportunidade de escrever "eqüidade" –

Coincidência?). J. Day, desprezado enquanto vivo. Em princípio, postos o nome e a localização da cova de J. Day, eu imaginava confessar e distribuir alguma curiosidade da minha paixão para ele, e comparar esta oferta, isto é, o meu dia-a-dia de orquídeas, aos tempos passados por J. Day neste mundo, enfim; promover uma história em comum homenageando postumamente Day vivo. Entretanto, a fim de resgatar minha – porventura viva – integridade e a dele também, achei melhor nos tratarmos, ambos, como mortos. (Especular com o desconhecido é pior, e nós sabemos que sim.) Da vida guardo dúvidas. Da morte você, J. Day, e mulheres gordas, carrancudas e esperançosas no engrandecimento dos quadros da Exatoria Estadual: "Norminha, a descarada."

Da morte, a coexistência intrigante de cafetinas judias e alguns exemplos datados de 1924... eu não sei bem quais eram as regras no palácio de madame e dispenso as velas e a mim mesmo... o Sol.

O gato de Poe, cujos movimentos, todos, sem exceção, apontam noutras direções, passa perto de sua inscrição que, muito diferente de parecer um epitáfio, é de fermento fleischman, para minha surpresa, apresenta o seu nome "J. Day" com honestidade, e ainda, sob justa medida, ilustra a sepultura branca junto à promessa de fazer-me feliz, de participar dele, do nome do morto nascido e havido – graças à proximidade com os céus (e a vizinhança do cemitério) – para ser meu parceiro de leito. O sol quer falar de você... meu caro J. Day, é hora de levantar!

Contabilidade

Ao inferno a paisagem.

Faz frio, muito frio e é o que basta para esquecer as semanas quentes. Tenho sob presságio e desejo a história de mais um inverno duro, de um prazer triste, quase nenhum.

Há vários dias o vento sopra no mesmo sentido e promete um futuro de intolerância, cuja contemplação, bem como a ventania continuada, não se permite a ninguém, evidentemente que não. Por que não excluí-la, a natureza, na mesma medida em que, ao favorecer-me dela, ofereço a mim mesmo a oportunidade de assassinar esta putinha? Sem sobressaltos. Diferente do que há muito eu planejara: quero matá-la, e só. O desejo de mais um inverno triste de prazer quase nenhum, a ventania continuada, enfim. Como o bicho guardador de afazeres – doce. Maldita e lúcida doçura! Que faz o bicho e o medíocre talento do bicho, de querer amá-la antes. Os inocentes bem sabem o que eu quero, certamente compreendem o motivo pelo qual o arrependimento e a falta me assaltam antes de agir. Nada acontecerá, é o que dizem. Mas disto não sabem; os inocentes entretêm, são educados e dispensáveis conforme a vontade de seus manipuladores; no meu caso, a fim de satisfazer-me e abominá-los, basta culpá-los por inocentarem-me e pela detestável inocência que lhes é devida. Com efeito não podem medir a minha resistência e o que sobrou dos iluminados tempos; e é esta sobra, esta iniciativa de abalar os que me servem o lucro e, fundamentalmente, de traí-los que, em parte – insignificante em face do golpe não conseguido, posto que eu é quem sou golpeado ao atingi-los – já vale para obstar ao cretino deliberado em que eu me deixei, em detrimento dos altos lucros, transformar: "Fiquem à vontade. Desejam algo mais? Estão satisfeitos? Alguma sugestão?" As garrafas serão retiradas da mesa, uma a uma: amanhã ou depois. Os mamilos da putinha sangram convenientes, quanto à dor eu confesso que não a imaginava tamanha, e nem isso eu posso contar a ela; então, determinando o excesso de hesitação, nos divertimos com a lesão "lesão" "lesão" "lesão" "lesão" "lesão"

Em minhas mãos?

Posso oferecer lubrificante de rolamento de péssima qualidade, e dedos ásperos – comparo, dada a ocasião, o indicador e o polegar a outros tempos e entendo unicamente que incharam e que, além da sujeira, me pertencem antes de tudo –, os dedos é que não sabem.

Assim como repudia este seu jovem e belo corpo também aborrece a exortação à sua morte – não menos admirável e volúvel, haja vista os gemidos doentes (ou sussurros?) que me presenteia – é evidente, com razão, que ambos me levem à indiferença; não surpreende, mesmo a ouvir o seu chamado de amor, o desprezo completo que eu lhe tenho, pois a sua dedicação não contabiliza no saldo. Sou mau comerciante? Outros saberiam explorá-la melhor? Na certa aproveitariam mais; por exemplo, a pequena língua, os dentes, o hálito e todo este corpo de putinha cujos meus irreconhecíveis dedos cobrem práticos e distraídos parte dos hematomas desenhados ao longo do nosso amor. Não! Não lhe desejava tamanho sofrimento.

Parque Sideral

Quando eu penso no meu corpo, às onze e meia da manhã, dobrado sob o cobertor, de repente, me ocorre a eternidade e a culpa de ter uma cabeça que dói. A claridade que vem do sol. A culpa e a eternidade tanto podem ser associadas à fatuidade de comprar pão calçando chinelinhas quanto à desventura de levantar da cama. O lençol manchado da saliva e do amor dos inquilinos da temporada passada. Em junho o aluguel destes apartamentos é barato. O cheiro, entretanto, é de muita gente, de sacanagens premeditadas a baixo custo. De diárias repartidas por bancários e subordinados de toda a espécie, e o pior, desprovidos da educação e do talento elementares para obter o pouco que deles mesmo é tão fácil e aborrecido de se conseguir. Mediocridade. Futebol. Cerveja. Calor e sexo mal inventados. Quem será que vai comer a gostosa do arquivo? Ora! Fodam-se. Mas não basta apenas desejar que se fodam – droga. No entanto é o que sempre acontece até que venha a próxima crise. Às vezes espero a morte romântica, como Pasolini, dilacerado na praia em circunstâncias misteriosas, outras vezes acho que vou morrer de velhice, desesperado, penteando o cabelo. Decerto eu não sou a melhor companhia para a solidão, talvez eu pense demais e tenha uma essência agridoce que sabe das coisas, quer dizer, na mesma medida em que corrompe a carne está peidando para as reclamações das donas de casa e das correntes afins, e com razão; até porque, a rigor, fica difícil considerar as demandas originárias destas senhoras que mal sabem trepar e que se queixam publicamente dos preços da batatinha. Eu diria moralmente corrupto, sobretudo: é o que sou. Sei como manipular os talheres à mesa e não bebo vinho em copo de requeijão para agradar inocentes. Não é nada, absolutamente. Mas já dá para ser depositário de uma arrogância mal-ajambrada e desprezível como tal. Jesus C. foi muito claro quando me falou que a guerra das cervejas é intolerável – e ele não põe os pés nessa meleca outra vez enquanto a guerra não acabar. Recado enviado, recado dado. De modo que eu vou empurrando a eternidade com a barriga e bolinando as desculpas de praxe a fim de justificá-la: "É... eu não faço nada." ou "É... eu coço o saco o dia inteiro." O que dá ensejo a especulações hediondas sobre minha pessoa (minha pessoa sou eu – o que é muito divertido, aliás): minha pessoa? Ah, sim, um minuto, vou chamá-la. Vez por outra eu mexo com turismo, é assim mesmo que eu falo: "Eu 'mexo' com turismo." E eles? Ai! "Esta 'Área' tem um grande potencial." E o rabo de suas respectivas senhoras, hein? Au, au. Quem é esta gente estúpida que me faz perguntas? Por que os brotos de esperma florescem nos cílios da anã desprezada? Oh, Deus, meu Deus! É preciso conter a propaganda idônea e a propaganda enganosa de alta qualidade bem como esquecer a prática do sexo feito com molas e desativar o canhão que atira merda em todo mundo. Um pouco de Mozart e genitálias; ou mais, escaldar os pezinhos em água morna, lixá-los e acariciá-los – ai, ai deixa pra mim. Que cor você usa? "Esmalte não, eu uso base bem discreta." Bem discreta para brincar de menina com a tesão, depois creme hidratante e sacanagem, muita sacanagem é do que precisamos, todavia. E chinelinhos pom-pom: Eia! Será difícil me fazer entender? Eu sobrevivo da sordidez e da caridade alheia, e faço literatura com o que dá. Escrevo um pouco do que a vida me permite, etc. É o que faço, pois. Ah, é atrás da felicidade que eu vou. Meu pai diz que é vagabundagem e me sacaneia deliberadamente quando eu repito o que acabei de escrever aí em cima, "vivo para escrever, etc." Procuro convencê-lo e argumento que são verdades que virão à tona de uma forma ou d'outra. E ele completa: "Como a sua vagabundagem, por exemplo." Já entrei em crises gravíssimas de identificação. Hoje é porque não acho a vulva adequada, amanhã porque não aceitarei a companhia da honestidade, depois por outros impulsos, relevantes e irrelevantes. "Eu já pedi para você chupar o meu cacete?" A partir de agora este será o meu cumprimento: "Bom dia, como vai?" – Bom dia – "Eu já pedi para você chupar o meu cacete?" Pega bem, de fato. Manhã dessas eu gostaria de encontrar com S. Francisco de Assis e de lhe desejar um bom dia de verdade. Depois ir até a banca de frutas mais próxima e comprar uma dúzia de qualquer coisa (agrada-me a idéia de encerrar outra idéia abruptamente) ou talvez ir ao supermercado e trocar vasilhames de tubaína pelo simples e idiota prazer de se trocar e de se especular sobre vasilhames de tubaína... hã? O quê?

Andar por aí e pensar coisas sobre as coisas e também sobre vasilhames de tubaína. O que mais pode se parecer com o argumento de um filme? Desde que tenhamos disposição para mudar de assunto, destruir reputações e sempre falar da mesma coisa. Personagens e vasilhames retornáveis. Isto é, seqüência meia dúzia. Chegamos cinco seqüências atrasados. Praia Desolada. A velha dona de casa feita de cera caminha sobre os escombros do Parque Sideral, que fica na Praia Grande e que, digamos, não existe: "Sejam Bem-vindos ao Palácio dos Azulejos." Eu exijo que a cena seja refeita (mongolóides ao fundo comem areia). Sou enérgico com ela: "Escuta aqui, sua buceta trancada, não é Palácio dos Azulejos. Cacete, é Parque Sideral! Eu tenho que fazer a cena do Portal. Como é que fica a cena do Portal, hein?" A dona de casa liga o aspirador de pó.

Contudo,

Antes da praia é bom saber que um bocado de coisas estão acontecendo por lá. Chamam de inconsciente. Digo que é uma brochada e que, embora eu sempre me engane com as palavras, às vezes levo sorte. Ninguém come ninguém, é fato; o que não quer dizer que enfiarei o dedo no cu – a princípio. É o mesmo caso dos pais que pelejavam ferozmente a despeito do cu – a princípio, do cu da mãe. Os mesmos pais que minutos antes censuravam o peitinho da filha, etc. Quer dizer... bem, não quer dizer absolutamente nada.

Façamos pequenas anotações: 1º uma dificuldade atroz para escrever,

2º Eu complico demais as merdinhas que acontecem comigo, e

3º odeio enumerá-las.

Foi quando suspeitei pela primeira vez das lembranças: de imediato ocorreu-me a palavra "bilheteria"; depois, com uma naturalidade desconcertante e premonitória, fui solicitado pela conjugação "balões de ar". A partir das boas-vindas eu diria que a velha dona de casa me solicitava de modo a evocar um lugar imprevisível, e ainda mais, recriava uma celebração indesejada como se fosse, além da objetiva extensão de um parque de diversões decadente e fraudulento, também uma forma incomposta e persuasiva de me fazer crer neste tempo ou lugar felliniano, sei lá, ao qual, é bom que se diga, de antemão e peremptoriamente, fiz questão de rejeitar. O Parque Sideral Não Existe. "Adiantar, nós só adiantamos pra Deus (e fazemos promessas porque confiamos nele)." – Quanto ao Diabo; ah, é uma delícia passageira, acho que é. De modo que não devemos esquecer as sacanagens que fizemos para os outros, isto nos ajuda a melhorar, sobretudo. No mais tive a oportunidade de escolher entre o ódio e a compaixão: coisa de Deus! É coisa de Deus! Eu bem que poderia usar os dois sentimentos. Coisa minha, todavia. De repente, é curioso, de repente me veio a imagem de Jesus amassando formigas no deserto... e a seqüência do Portal? Ora, pfiu: se foi. Fica como se eu não contasse que o vendedor de azulejos (ele era um esquizofrênico dos diabos) lutava em vão contra o aspirador de pó, enquanto o grande f.d.p., doutor L., por sua vez, o manipulava nos lugares úmidos e elásticos do corpo.

O doutor, isto é notório, promove seções de picaretagem às quais ele dá o nome de workshops da prosperidade (êta nomezinho sacana, hein doutor?), e é bom, sobretudo nos dias de hoje, tomar cuidado com ele. As vítimas da pusilanimidade do dr. L. seguem a verdade absoluta: "Azulejos Selma Blue 4x4. Se não levar agora não leva mais." Aspirador Inclemente. Outra velha de cera substitui a primeira dona de casa e demonstra ser ainda mais obstinada na tarefa de aspirar a areia da praia. Aspira Cão. Os meninos de Down formam um círculo n'areia. De onde, subitamente, irrompe um siri furioso chamado vendedor, a lançar injúrias e infâmias contra tudo e contra todos. Um dos mongolóides abocanha o pênis morto do vendedor. Sorriso amarelo do dr. L. ao ser indagado sobre este fato durante um de seus workshops da prosperidade (nomezinho sujo, hein doutor?). O barulho do aspirador de pó envolve a praia. Entrada facilitada mais três parcelas fixas de trinta e três – em tempo, é bom que se diga – as pragas e infâmias do vendedor fazem parte da promoção "Olhou! Gamou!" Ele prefere ser tratado como Profissional de Vendas. Mas para o vendedor eu só poderia desejar o pior: vagar na praia desolada sem nada para vender. Doutor L., o senhor se ferrou comigo, hein? Eu também poderia dispensar a cena em que a dona de casa fode com o aspirador de pó (um lance de "amateur", isto é. Como se um grupo de colegiais inexperientes e incestuosas ensaiasse uma bosta de uma peça de formatura ou coisa que o valha). Turma de 77. Lembra da Nancy? É aquela mesma com 'Y' no final do nome. Lembra?

Quem? Quem inspirará a compaixão e a graça que somente o ridículo pode sugerir? Por que demônios o showroom satisfaz esta gente? Quem foi que disse que eu faço caridade? As melhores seqüências do filme foram roubadas do Parque Sideral que nunca existiu; e o cartão de crédito usado por minha amante, a vagina dialética, era feito de camarão e de merda – ganhávamos um dinheirão e nos contentávamos com o sexo oral. Ah, é mentira, praticávamos a sodomia vezenquando. Ela se prostituía e vivia falando dos clientes, fazia de tudo para agradá-los, aos clientes, e eu dizia: NÃO! Que mudem, ao menos, estes nomes; que a clientela passe a se chamar cachorrada e que a freguesia – era o máximo que ela conseguia variar – vá para o inferno! Que eu não quero mamar nas tetas caídas desta vaca cheia de estrias e de amabilidades administrativas. Ela me deixou por causa das tetas caídas e um pouco também por causa das estrias, o departamento comercial todavia permanece indiferente e sistemático, à guisa da gerente, que continua, aliás, a mesma vaca de sempre. Areia sem nexo, dinheiro jogado fora, perda de tempo, "vagabundagem, por exemplo" – como diria meu pai, num corte violento e expressivo. O que eu poderia responder? (vendedor ao fundo comendo areia?) Seq. 7? Não! Não se trata de um filme, escuta aqui: vamos tentar outra vez? Eu posso lhe garantir que não é perda de tempo, trata-se, digamos... de vagabundagem, por exemplo.

Cavar Buracos

00h15, o encontro estava marcado. A estupidez e a esterilidade que o assinalavam eram os principais motivos do meu descrédito e da necessidade de consumá-lo, a esta ambigüidade, e não incoerência, como alguns insistem, eu atribuo um único desmentido que somente guardará sua devida importância e será confirmado quando – contra minha vontade – eu me entregar novamente ao lastimável estado ao qual eu me entreguei na hora de satisfazer os desejos mais elementares do meu próprio corpo. A partir desta constatação, ou melhor, do horário estabelecido para o encontro, eu perdi o controle da situação de uma maneira inusitada; isto é, tendo que protegê-la de minhas investidas instáveis para depois proteger-me dela própria, em última análise, vale dizer; tê-la, a contragosto, sob controle. Mas, enfim, o que me preocupa é o fato de que durante o longo período em que estive ausente ignorei o que, hoje, me parece fundamental e decisivo, portanto – espero estar errado – de uma incorrigível falha; isto posto, qualquer referência à gravidade de minhas apreensões poderá parecer um tanto volátil, inclusive meu comprometimento no sentido de indicar os motivos que me levaram a querer este encontro, no entanto, cônscio da tensão e do caráter impositivo que o cercam, eu, a fim de evitar um mal pior, não vejo outra alternativa senão liquidar qualquer pretensão no âmbito de salvaguardá-lo, nem mesmo que o motivo fosse a defesa de minha própria integridade eu o justificaria e, desse modo, no meu entendimento, eu o terei sempre como um mal necessário; caso contrário, e é o que mais temo, serei obrigado a admitir que, de fato, eu não estava inteiramente errado.

A negativa do querer é muito comum neste jogo. E assim foi dado ao tempo o domínio e a distensão completa da situação: nada posso fazer a não ser contar os minutos e esperar pelo encontro exatamente às 00h15? Às 21h50 ouço a frase (ou seria a sentença?) que será a primeira a me desfavorecer ao longo desta incontrolável e absolutamente necessária espera; a frase remete à mais indesejada adolescência, provoca uma dor insubordinada que há muito eu imaginava ter superado, e o pior, provoca uma compulsão antiga que me diz para olhar o chão, e ainda me lembra do dever de cavar buracos, de não sentir um beijo. De sumir: "garoto estranho, não tem amigos, não gosta de nada". Daí passei a me excluir deliberadamente sem que precisasse indagar as horas e, especialmente, poupei-me das frases mais duras – que eu bem sei quais são e que, se não fossem evitadas a tempo, naturalmente instigariam o surgimento de ruidosas e intercaladas gargalhadas, as quais, positivamente, eu não teria força para conter. Às 00h15, nem um minuto a mais: "Cala a boca, agora não!"

Na verdade, até a poucos minutos do acontecido, eu acreditava estar livre destas terríveis humilhações; isto é, eu não pensava nelas e sabia que o tempo passado longe havia me fortalecido, haja vista que, na maior parte deste tempo, eu me ocupava em reproduzir e aperfeiçoar as gargalhadas, executando-as melhor, muito melhor do que, de fato, elas, hoje, faltando poucos minutos para 00h15, me são impostas. Portanto eu não teria porque lembrar de antigas humilhações – numa noite bêbada meu pai era mais moço do que eu: "Você é burro e ponto final." Às 11h45 a ceia e as gargalhadas foram servidas. Comida irrepreensível e televisão altíssima. Qualquer iniciativa iria fracassar. Às 00h05 eu quis mudar de opinião: "Cala a boca, já disse que não." Não sei o que acontecerá nos próximos minutos, são 00h06. Eu só peço que vão embora, por Deus, faltam poucos minutos, vão embora!

Prurido

Prurido dá uma tesão dos infernos, sabia? Desde quando algo que é ensacado na tripa e leva cebola, alho e toucinho picado, tem ética? Secreção e orelha de porco... O quilo da traíra defumada. Corrimento tem ética? Desde quando menarca?!... hein?

Ah! Eu, médico, sobretudo nesses casos, não teria um pingo de ética. "Dependendo da menina, se a pele for mais escura, a primeira menstruação – a menarca – chega mais cedo, aos doze anos em média." Nem um pingo de ética!

"Já o corrimento tem a cor amarelada ou esverdeada, um odor fétido e freqüentemente é acompanhado de ardor e coceira."

– Uma coceirinha, doutor. – Que nós chamamos de prurido.

Quer dizer que a Paty trouxe a coceirinha para eu examinar? Coceirinha, é? Tá. Depois a gente fala com a mamãe.

– Dá vergonha das minhas intimidades... a posição, né?

Deixa eu examinar, Paty. Abre e segura com o dedo, é normal, tá? Faz parte o exame das vergonhas. "Das vergonhas e do esbulho possessório." Arre! Eia! É um título e tanto!

Pode ser a piscina do clube ou o seu namoradinho. Qual é o nome dele? Dezesseis anos?

– Minha mãe disse que é uma agulhinha que entra...

Ah! Se ela falasse "coisa de mulher...!" – Não fica nervosa, viu? Agora conta para o tio como aconteceu. A mamãe e o papai não vão saber de nada, eu prometo.

É necessário passar confiança na primeira consulta. Uma dose de falsa ingenuidade e mais outras frescuras. Depois é só mandar baixar a calcinha e abrir as pernas. Há quanto tempo você está fodendo, minha filha? Dá no mesmo falar que a menina está se transformando em mulher e que daqui pra frente vai ser sempre assim. Que tudo é normal. Que acontece a mesma coisa com as outras meninas, etc., etc. A gente também pode fazer umas gracinhas até a menina mostrar os dentes. A quantidade de obturações e o amarelado na ponta dos caninos entregam a quilometragem. Faz parte das dicas do Cabralzinho, o meu dentista. No começo eu dava crédito a ele, porque, de tabela, isto é, valendo-me dos argumentos do respeitado profissional que ele é, eu entendia a boca como um órgão unissex e bilateral. Mas as teses do Cabral são quase sempre jogos de azar, e às vezes, eu diria que são por demais ululantes e amadoras: "As mulheres chupadoras a gente conhece pelo primeiro hálito." Primeiro hálito? "O hálito 'bom dia morzão', manja?" OK, são ululantes e amadoras... tanto melhor, evidentemente. No final eu acabo aproveitando as deixas do Cabral para sacanear ainda mais. Tipo mesa branca, eu sou. Entende? A menina andava com os pés para fora e com a bunda caída. Dava para ver as obturações! Os caninos amarelados... e a língua sassaricando de tesão e sem-vergonhice! Tá subindo! Acuda, São Brás!

Qual é o nome do seu namoradinho? Ele vai aprender com você e você vai aprender com ele. Os dois vão se descobrir juntos e aos poucos, etc. As mocinhas incham de vergonha quando eu chego no "vocês vão se descobrir juntos". É clássico.

Tuuudo bem. A gente faz como você achar melhor. Vamos em frente, não precisa ter vergonha. Confie em mim... vai dar tudo certo.

O aparelho genital da menina... muito bem equipado, o bucetão. Devia estar debochando da minha cara. Ele, no masculino mesmo, era um jurisconsulto enfadado que desdenhava as postulações da outra parte e da maneira pela qual eram arbitradas as negociações no Fórum Brasil-Argentina de Comércio Exterior. Sobretudo no que dizia respeito às alíquotas mínimas de importação. Mas só onze anos? A menina trancou o meu dedo mais sacana lá dentro sem fechar as pernas. Coisa de muito conhecimento e ginástica. As bucetas têm vida própria?! Qual o nome do seu namoradinho? Hein, Paty? O bucetão mastigava de boca aberta.

— Paty, a primeira agulhinha que entrou... O quê? Foi do papai? E a mamãe? Droga! Eu apostava na mãe.

— Sabe, tio. Foi mais legal a parte da Disney. Ele usou a língua pra fazer cócegas na gente.

— Hein? Na gente? Na Disney? Com a língua?

— O papai disse que era assim lá na Disney e que se eu não contasse nada para a mamãe a gente ia fazer de verdade. Nas férias, lá na Disney. Aí eu levei a Dani e a Maria Teresa pra ver televisão e comer Spring Junk's lá em casa.

— E elas?

— Só a Dani ficou porque já conhecia a brincadeira. O pai da Dani é dentista.

— É?! Qual o nome dele?

O bucetão arrotou de barriga cheia. Queria palitar os dentes. Toc! Toc! Toc! Paty levantou a calcinha rapidinho. Era a mãe.

— Muito bem, Dona Alaíde. Patrícia... de quê? Ah! Sim! Sim! A Paty é uma menina saudável e inteligente. É normal na faixa etária da Paty. Não. Não. Absolutamente. É o tempo, a natureza quem diz. É só a menarca (eu não disse que era doença venérea porque sou politicamente correto comigo mesmo). Bem, Dona Vera, eu orientei a Paaaty e a senhora irá complementar esta orientação em casa, tá bem? O acompanhamento dos pais nesta fase é fundamental. A menina deitou a cabeça sobre o ombro da mãe. Está tuuudo bem, viu Paty? Agora o tio precisa falar com a mamãe, tá? Daqui um minutinho eu chamo você, viu?

Chega uma hora que enche o saco falar "tá?", "viu?", "tuuuudo bem".

Tuuuuudo bem, Dona Sílvia.

É normal que a menina tenha dúvidas. É muito importante a compreensão e o carinho dos pais. Vocês dois, sobretudo nesta fase, devem participar com muito carinho... o amor no decorrer da vida vai mudando de cara. As crianças crescem, etc., etc. Do lado esquerdo temos a Igreja Matriz e mais adiante teremos uma visão parcial da Baía dos Galos e do Caixa d'Aço. No século dezoito os holandeses procuravam abrigo neste costão. A Paty jamais vai se perder dentro de vocês. Para os pais... e-x-a-t-a-m-e-n-t-e, dona Márcia! A senhora é muito inteligente! Eu acho que a Paty deve ter orgulho da mãe que tem (geralmente essa cantada precede uma crítica). Às vezes as pessoas vêm ao meu consultório e não aceitam a realidade como ela é (depois o grand finale!). Seria muito importante para o desenvolvimento da menina... (e para as minhas punhetas, sobretudo)... Mas se a senhora não quiser falar sobre o assunto... a vida afetiva do casal é o ponto de partida para o desenvolvimento dos filhos... a senhora me compreende? (desde que ambas as partes estejam premidas pela tesão e pela falta de honestidade. O que é muito comum acontecer no meu consultório.) Uma dica: "a vida afetiva do casal".

— Sabe, doutor. Eu menstruei com onze anos. A idade da Paty, né, filha? O doutor vai examiná-la outra vez. É para o seu bem, viu filha?

— Outra vez, mãe?

— Desta vez a mamãe vai estar aqui pertinho.

Uma voz de *bookmaker* vinha lá de baixo, lúgubre: "com você aqui eu não faço".

— Dona Esther, eu acho que não precisa. Somente se a senhora fizer questão. Eu examinei a menina e está tudo bem, né, Paty? Ela vai tomar um remedinho três vezes ao dia durante duas semanas e passar uma pomadinha depois do banho. Que sabonete ela usa? É melhor trocarmos por um neutro, tá bom? Viu, Paty? É bom evitar a piscina... pelo menos deixa passar duas semaninhas, tá? Eu acho que é só.

Remedinho para menstruação? Piscina? A mãe não entendeu nada. Depois de duas semanas, Paty voltou ao meu consultório. Era um corrimentozinho bobo. A mãe estava apressada e esqueceu-se de perguntar o porquê. Mas como tinha ficado tuuuudo bem, ela acertou a conta e foi-se embora com a menina.

Mãe e filha voltam regularmente ao consultório "a nível de prevenção", como pacientes esclarecidas que afinal... bem, essa conversa de "a nível de" é coisa do Cabralzinho, o filho da puta.

A Boa Sombra: de Ana

O casarão trabalha a favor da própria ruína. Ou do seu verdadeiro uso.
De modo que.
poltronas gigantescas confirmam o movimento com a intenção de subjugarem minha crença ridícula – herdada e ainda hoje muito forte – de que ninguém amará livre do mando impelido, ou mais, do mando erotizado por meus sentimentos autoritários, os quais, é bom repetir, eu não me permito questionar devido à intolerância herdada e, especialmente, ao temor de constatá-los condescendentes. O mato cresce e infesta todas as apreensões fora e dentro do casarão, onde a poltrona de Ana, em primeiro plano, a maior, autoriza minha presença na crescente ruína, na decadência transformadora deste meu corpo, deste casarão improvável.
De certo, o que se vê. O mato toma furioso a destruição. As moradoras acomodam-se nos respectivos vasos, ou poltronas. Sobretudo Ana, a anfitriã prestativa e igualmente disforme: "Os brotos de capim ouriçados apontam práticos e adolescentes para o alto. Dão curso à tomada do corpo até partirem as unhas" – disse-me Ana, sorridente e orgulhosa da primeira unha rachada. Penso na bela voz de floresta da anfitriã: será sufocada? Acho que o mato, aos meus olhos, perturbador, não vingará mais do que cabelo ralo, doente; há sentido de pêlos, coceira fundamentada

nesta perspectiva, dado que a tomada do casarão implicaria no sumiço das más intenções do lugar. Expliquei a Ana, que acalmou, penso eu, suas companheiras. Ana e suas amigas pediram água. Usei sêmen/resina – e não consegui alcançá-las.

Querem beijos e fazem gestos que uma vez as identificaram e, por hora, as habilitam presentes e pedintes. Todas têm os sinais que modificam a masturbação. Ana especialmente usa o movimento pendular, aqui e ali enverga vontade e vaza beleza da boca; faz questão de mostrar antigas obturações iguais às minhas, bem como o nascimento de brotos rococós na ponta da língua, vibrantes, pedindo outra língua. Oh! Ana! Apesar da folhagem, da boa sombra, continua sendo Ana: Quer beijar. E quer ser a primeira.

Não posso alcançá-las devido ao súbito prolongamento das articulações que terminam nos pés, ou melhor, meus dedos estouram os sapatos num ímpeto de crescimento que os constrangem violentamente para o fundo da terra, e me enlouquecem de dor.

As mulheres reagem caladas, transpiram como as plantas sadias e conformadas. Desgrudam-se das poltronas seguindo o movimento envelhecido de Ana – displicentes como se a liberdade conseguida fosse comparável ao simples rompimento daquela situação ou ao espetáculo de execração das poltronas nuas – finalmente abandonam milhares de raízes fartas de sangue e seiva, com efeito mutiladas e expostas à inexperiência: suponho serem as mesmas raízes que crescem e se fortificam vigorosamente sob meus pés.

Ela me Disse: "João!"

Ela me chamava de João. Até há bem pouco, isto é, antes da descoberta, eu não me incomodava e não economizava gentilezas ao retribuir o chamado, ao verificar, enfim, que ela era merecedora do tratamento que eu dispensava aos integrantes do círculo mal formado de minhas amizades; arrematadas, aliás, de uma rebarba gentil e ardilosa da qual eu só poderia repudiar mais do que os próprios amigos: eles, os amigos, chamam isto de meu caráter. Quanto à descoberta, eu havia de antecipá-la, ou ainda melhor, de sugeri-la como um irresponsável sugere esta ou aquela atitude que somente ao outro cabe tomar; à época, ela, com toda razão, tinha todos os motivos para saber que eu, em nenhum momento, podia antecipar o que há muito e, com maior idoneidade, ela, antes de me conhecer, havia estabelecido (se eu estivesse no lugar dela tudo terminaria nesta oportunidade; todavia, provavelmente, eu não saberia como deliberar em razão desta eventualidade, e, de fato, honestamente, nada terminaria como deveria terminar). Não obstante, para o meu desassossego e compensação – pois ela teve a coragem que eu não quis ter – ela preferiu crer neste que não a conhece tão bem quanto os rumos desta história, cujo objetivo não é outro senão provar o contrário de sua crença, o que, em se tratando dela e deste inconfiável que a reduz a pura especulação, certamente pressuponha descrédito, muito embora, ao mesmo tempo, incorra num risco fugidio e insinuante.

Nós possuíamos uma estupidez que, hoje, eu acredito não ter o mesmo encanto daquele dia; ao menos no que diz respeito à minha estupidez posso regozijar-me do encanto, mesquinhez e talento daquela ocasião. Ela, por sua vez, continua uma estúpida e o fato é que perdi o talento e o encanto e, devido a este lamentável estado, tenho, apenas, a certeza que nos separa e que faz com que ela se manifeste injustamente admirável aos meus olhos.

Os dias de hoje são razoáveis e estúpidos; sem o talento e o encanto do passado, muito mais estúpidos. Preme, no entanto, que naquele dia – mais do que hoje (ou não?) – eu estava encantado por ela. E ela fazia sua parte. Quando nos vimos pela primeira vez senti ciúme, o que seria o prenúncio de um começo ridículo para tudo o que iríamos proporcionar de estranhamento e interposição em nossa história. Depois, quando da carona, usei do meu talento e ela, sem saber, iniciou toda a perturbação quando me disse: "João!" Ambos me convinham naquela rápida passagem: muito rápida, há de se sublinhar, sobretudo por eu não ter conseguido corrigir o nome e o beijo solicitados por ela. Enganei-a. Entendi por que ela se permitiu enganar, mas não gostei da proposta que lhe fiz – hoje sei que não – e não gostei de ela ter se deixado enganar; não era assim, de toda sorte, que eu devia tê-la conquistado, ou, para ser mais franco, eu não devia tê-la subtraído desta forma. Ela, repito, ela se permitiu levar – suponho que sim. Mesmo sabendo mais, muito mais do que eu lhe dizia, ela admitiu meus estúpidos argumentos. Na desconfiança de encontrá-la dali a alguns dias, deixei-a no ponto de ônibus. Ela sumiu e vez por outra lembro do sumiço, da aparição e do nome dela: qual era o nome? Imediatamente depois de despachá-la resgatei a minha verdadeira identidade e me tomei de crédito; no que, hoje, passados os vexames, percebo que estive completamente errado. Qual é o nome? Qual? "João?" A voz precedia o que eu havia lhe prometido. Eu havia lhe prometido, é certo. Mas o quê? Temeroso, achei por bem não crer ser tão convincente, mas sei que isso, naquele instante, absolutamente não importava a ela que, ocupada de três turistas, tinha pressa. Passou-me o telefone junto a um aperto de mão e a obrigação que determinava sua pressa: o significado daquele contato até hoje não me é claro, ora sinto sua desgraça, ora sinto seu agradecimento. Poder-se-ia dizer, salvo os fatos evidentes e as dúvidas que lhes são, para o meu alívio, devidamente atribuídas, que constavam no seu recado nome, batom e endereço. Nunca a visitei, de medo, de medo de não ir ao MEU encontro.

Quem é Wadih Jorge Wadih?

I – Introdução ao espelho

A idônea e insuspeita aparência da qual me sirvo não se entrega à servidão e, a bem usar e fazer valer a recíproca, serve-se do charlatão que a freqüenta: insisto em negá-lo, o que é um excesso de pudor, extravagância e um pouco de romantismo da minha parte. Mas Quem Sou Eu? Vejamos. Um caráter volúvel. Quase inescrupuloso. Porém idôneo e insuspeito. Ou seja.

Somos dois. Vamos falar da nossa personalidade forjada. Em primeiro lugar, desfrutamos de uma imagem cafajeste e degenerada (é quase uma fábula política). Depois, na rebarba, adquirimos (nós e nós mesmos) uma capacidade sobrenatural de nos sacanear. O que mais? Bem, não é pouco. Todavia ainda posso acrescentar: adulteramos nossa independência e a contemplamos ao saber antecipadamente o resultado da sacanagem, ao distorcermos os fins e preservá-los, ao glorificarmos o idiota que nos deu crédito e também aquele que o negou. Isto pode parecer uma desculpa para o nosso fracasso. É mais! É muito mais! É o reconhecimento definitivo da esterilidade e da estupidez daqueles a quem nós nos submetemos na derrota, e também, crescente motivo (para a nossa esterilidade) e para o nosso divertimento; para desdenharmos, enfim, a ridícula e determinante posição ocupada por nossos carrascos e benfeitores.

Interessa sobretudo o fato de que este jogo não inspira paixões, revanches ou rivalidades de qualquer tipo, ao contrário é comum chegarmos a um termo, como o acordado na questão da mentira, na premência de renová-la e atualizá-la no uso de futuros golpes.

São basicamente duas ferramentas usadas: óculos e espírito. Cada uma se presta, à sua maneira, de estímulo às apreensões superiores de sacanagem – no decorrer da safadeza eu confesso que gostaria que ambas evidenciassem as reais importâncias que lhes são devidas – todavia, em razão dos segredos guardados por estas brutais ferramentas, nem sempre eu sei o motivo pelo qual as veredas da ameaça, da perda e do tormento me são impostas; o que na jogatina e no vício é instigante, pela simples causa de que no mais das vezes a culpa é atribuída àquele que não a possui. Fica, no entanto, registrada a vontade do QUERER SABER, o que, alhures, em se tratando de sacanagem e má-fé, não é vantajoso ilustrar ao espírito corrompido nem ao distorcer de uma visão embusteira por natureza.

II – No espelho

Somente eu sei o quão frágil e discutível se torna a aparência ao submeter-se às minhas falcatruas, ao meu cotidiano torpe e histrião cuja afirmação consiste no oposto dela própria – a esta oposição eu me declaro absolutamente responsável e desesperado por conduzi-la como uma regra exclusiva que se basta sobretudo do descrédito para comigo mesmo – e, para tanto, vale imaginar a confusa aparência advinda deste meu traço, deste círculo muito particular, comprometedor, coerente e por demais razoável ao afiançar, como já é sabido, qualquer aspiração que venha no sentido contrário dos meus verdadeiros interesses. Portanto cabe à aparência, enquanto nebuloso espelho-canalha de minhas atitudes, responder e apontar os diversos vexames que se fazem acrescentar à deplorável condição à qual eu me entreguei. O que me resta?

Abandonar o espelho por oito dias? Adiar o imenso problema e quebrar os óculos? É bom saber que não foi o medo a base da tentativa absurda de ignorar a si próprio, mas sim a desnecessidade de dar amparo ao que é evidente e ao que somente eu posso dar veracidade: a maldita e irreverente imagem refletida, que não conta sequer com um bigodinho a me servir ao deboche. Embora sabendo do desgraçado e indissolúvel vínculo com a imagem, sou enganado pela natureza fracassada da própria imagem e, destarte, levado a participar da euforia de uma solução precária e até mesmo mística para acabar definitivamente com este tormento: destruí-la (foi precisamente o que fiz ao queimar o meu corpo sorridente e fotografado. Não funcionou, é certo. O primeiro sentimento foi ignorante como as cinzas tranqüilizadoras, as primeiras cinzas, aliás). Depois sobrou a pior parte do suicídio: a tentativa, a sobrevida e finalmente a perda da foto – a melhor foto, a mais querida. Queimei o dedo também. Um novo e irracional impulso me faz ainda mais decadente, distribui o estímulo, se assim posso dizer, pelo corpo flácido e esquecido de existir. A esta nova e demente condição eu adiciono um bigode, duas ínguas na virilha e uma na axila direita; daí, aparelhado de corpo e afins, à procura de sexo doente, engajo o romântico e nostálgico espírito lascivo do "Bode Cheiroso". Não encontro a Puta-Papo-Cabeça e vejo que ainda não me livrei inteiramente do querer pensar, quer dizer, do bom senso e do discernimento; com efeito a burrice ainda é, infelizmente, intolerante: "Gato, paga uma 'dose'?"

Um minuto. Puta-Papo-Cabeça?!

De modo que enlouqueci completamente: Amor, repete.

– Tá a fim, gato?

– Deixa eu pegar no seu peitinho! Vem cá!

– Ai! Paga uma "dose", tesão.

– Quanto é? Hein? Meu amor, mãezinha.

III - De modo que enlouqueci

Aparentemente, creio que sim. Então o que me resta é dar seqüência ao engodo; vesti-lo de óculos e espírito, como fiz hoje quando o levei a copular em trânsito. Comi uma gata de sessenta e quatro ônibus. De madrugada, no banheiro de sessenta e quatro ônibus. É o que nós dizemos: "caras sérios fazem coisas sérias".
– devagar amorzinho, ai ai devagarinho!
– Sou "adevogado", meu bem.
Hei de alcançar os céus. Desde que conheci e amei Beth no ônibus faço as unhas todas as terças-feiras. E uso o melhor esmalte, não é amor?
– mãos macias, doutor.
– Às nove, doçura, às nove.
Beth-doçura, pedicure e manicure, especialista – como ela diz – "na Área de Unhas Encravadas." Ao dançar seu joanete incha conforme a música e a cor do esmalte usada no dedão do pé – vale registrar que algo parecido acontece quando Beth e o joanete desfrutam dos benefícios da colônia de férias do Sindicato das Calistas, Pedicures e Profissionais de Beleza do Grande ABCD. Beth pertence à seccional Diadema e, mesmo a exercer o ofício em Itapevi, na Vila Élia, possui um diploma elevando-a à condição de associada – Beth formou-se num curso de depilação e, dentro em breve, diversificará o plano de atuação seguindo o Método Marquinhos de Desobstrução dos Poros Cansados. Outro diploma laureará (Beth gosta quando eu falo "laureará") Beth e o Salão de Beleza Jóia (Unissex). Beth é uma profissional respeitada na "Área".

Enganá-la é necessário, dolorido e fácil. É familiar também. A dor é uma conseqüência direta da Beth, ela sempre quis assim, e eu, por conveniência e sarcasmo, sempre concordei. Da exclusão da Beth e da exclusão da dor à facilidade da trapaça, vale insinuar: "por que não fiz antes?" e depois conferir: "foi bom ter trapaceado!"

Para tão pouco basta remexer no ponto fraco, o que em se tratando da manicurezinha fica mais fácil, e misturar os ingredientes de que a natureza curiosamente pede: seja para enganar ou ajudar; ingredientes viciados nos quais as medidas de doçura (Beth-doçura) ou violência ficam a critério da urgência de cada caso, equivale a dizer, do talento do usuário aplicado convenientemente na situação de sacanagem; há os que partem para a baixaria... no caso da Beth, minha querida manicure (falta-lhe um pouco de educação, é certo), é a velha lei: se eu não comer o outro come. Beth diz que sim – né doutor? Em suma: a tripudiação sugere basicamente um aperitivo e a confiança advinda de uma encenação pobre (com ela basta o mínimo de talento), mas sobretudo preme o espírito sacana, no mais medíocre e pequenino caso a sacanagem é indispensável. Nas várias práticas de má-fé, porém, há de se cobrar de si próprio a verdade, e exercitá-la. Ao sublinhar esta condição ouço das melhores músicas: indecência, dissimulação, falsidade, traição, canalhice. Das melhores músicas.

Beth? Você?!

– mãos macias, doutor.

Beth-doçura. Ofereci uma oportunidade de submissão favorável, um abrigo frágil que não conseguiu ampará-la devido à incapacidade dela mesmo de entender o porquê da submissão.

Isto é.

Ela tomou a iniciativa de se vender e de administrar o lucro, e o pior, administrar a iniciativa de *ter* o lucro. Não obstante o melhor estava por vir.

Ou seja.

A certeza de que estou exposto a qualquer manicure jeitosinha. Do tipo da Beth: golpista, tesuda e especializada na "Área de Unhas Encravadas". Meu nome é Wadih Jorge Wadih, sou um cavalheiro idôneo e acima de qualquer suspeita. Ou será que deixei escapar alguma coisa?

Para Sam Shepard

As palavras estão entre o céu e a terra. Às vezes o escritor de sorte, porque escrever é sorte, troca as coisas de lugar. O que não quer dizer que ele troca o céu pela terra e nem o contrário. Acontece de ele pegar o seu carro e ir à procura de algum lugar dentro da noite. Às duas da manhã as estrelas estão em ponto de fritura. Ele sabe que quando fizer um tipo e pedir para a garçonete "a conta e um maço de 'Mustang', boneca" as coisas vão acontecer. No céu e na terra. Na terra e no céu e mais uma frase em inglês, dois ou três "fuck you" intercalando o período, e as coisas vão acontecer, Sam.

Posfácio para Walt Whitman Desconhecido

Do começo,
de quando eu tive medo de escrever
e fazia poesias – as suas, Walt.
Em 1988 eu morava de aluguel e escrevia mal pra caralho.
Na casa do Edmundo, sapateiro. Ele não conseguia explicar o que Eu e Walt estávamos cansados de saber. Mais Walt do que Eu, na verdade.
Bobagem falar em alma de sapateiro, etc. Espiritualista e alcoólatra. Uma boa alma, enfim.
Aluguel baixo, eu morava de.
no começo. Quer dizer, quando o mesmo sopro que corria nos cabelos sujos do Cabralzinho (um punhado de eczemas e erupções espalhados nos corpos do menino e da lavadeira, ele era o filho da lavadeira) e que poderiam ter soprado nos cabelos criminosos do Tomezinho (eu, particularmente, não o achava mal intencionado) sopraram em mim... e o papel... e o sopro...
etc., etc. e eu escrevia mal pra caralho –
e o começo. Walt soprando as primeiras palavras. Só para mim.
Então minhas e revolucionárias... e a poesia feita de Androceu e Gineceu.
Só poderia vir de um sujeito como Walt. A revolução,
Coisa do Walt. Da estrada.

Hoje eu acho que foi só o começo e que a vida andou fodendo o pobre Cabralzinho. Bem, meu amigo.

Já fui melhor.

quando contei meus primeiros vinte anos de orgulho e de ignorância. Só meus.

Os vizinhos me elogiavam. Mamãe sonhava com o meu futuro.

eu disfarçava, isto é. Em 1988.

A poesia que vem de si para si mesmo e é exclusivamente egoísta. A droga de que falou Walt.

resplandecente dentro de cada um... e os primeiros vinte anos.

Orgulho e Egoísmo. Compaixão e Misericórdia.

Dá na mesma falar em multidões de cristãos e muçulmanos.

Dá na mesma dizer que é para ninguém. Para o desprezo dos outros. Para a eternidade, não é, Walt?

ESTE LIVRO FOI COMPOSTO EM AGARAMOND
12/14 E IMPRESSO, EM SEGUNDA EDIÇÃO, SO-
BRE PAPEL OFF-SET 90 g/m² NAS OFICINAS DA
BARTIRA GRÁFICA, SÃO BERNARDO DO CAMPO-
SP, EM NOVEMBRO DE 2006